El desfile

Colección Miscelánea

El desfile

Pedro Gas

e-DitARX
PUBLICACIONES DIGITALES

COLECCIÓN MISCELÁNEA

© Pedro Gas, 2015

© de la edición (digital e impresión bajo demanda):
e-DitARX Publicaciones digitales
Avda. Almazora, 83, 4-E
12005, Castellón de la Plana
Tel.: 964 063 778
editarx@editarx.es
www.editarx.es

Depósito Legal: CS 495-2015
ISBN 978-84-944520-3-1

Hermanos, lo que hacemos en vida resuena toda la eternidad.

MAXIMUS DECIMUS MERIDIUS

Desfilar es un verbo característico de los ejércitos. Antes que otra cosa las organizaciones armadas instruyen a sus miembros para moverse siendo parte del grupo. El desfile es la primera lección de obediencia y subordinación a los mandos. Desfilar refuerza el hábito de la disciplina y fomenta el sentido de pertenencia. Hay que hacerlo en determinado orden y formación.

Formación es el nombre que recibe la reunión ordenada de tropas. Tiene un frente, una cola y dos flancos. Sin la organización y la disciplina militar no hubiera sido posible mandar tantas veces a tantos hombres a una muerte segura, aunque no solo eso determina la voluntad del combatiente.

De todos los desfiles, el mejor y más glorioso es el que celebra el final de la guerra, y la victoria.

FINALES DEL SIGLO XX

Un domingo de invierno, a media mañana Salvador Monzón transitaba con su viejo coche por una carretera comarcal, estrecha y mal asfaltada. El anciano conducía despacio, más por la escasa potencia de su Dyane 6 que por precaución o incapacidad. El cielo estaba despejado y brillaba el sol, pero hacía frío.

El recorrido por el interior de Teruel siempre resultaba agradable y tranquilo. El octogenario no tenía prisa en llegar a su destino, una pequeña propiedad entre montañas en la que mantenía unos cuantos olivos retorcidos, y una rústica construcción de piedra tan centenaria como los árboles de su alrededor. Era un viaje que metódicamente repetía cada seis meses. Salvador circulaba con la capota plegada para disfrutar del sol y del aire frío. El ruido del motor rompía el silencio de una ruta de montaña que conocía con detalle.

Al principio fue solo un murmullo; un eco lejano que en cuestión de segundos se manifestó como el rugido de otro motor, sin ninguna duda más potente. Luego percibió una música ensordecedora. El coche que rompía el silencio era un Kadett GSI de color negro, que según advirtió el anciano por el retrovisor frenó bruscamente obligado por la diferencia de velocidad entre los vehículos. Salvador aconsejó tranquilidad sacando el brazo izquierdo, sabedor de la peligrosidad de unas curvas, muchas veces ciegas, y que no habían cambiado su trazado en los últimos cincuenta años. El Opel lo ocupaban cuatro personas.

—Si no estáis sordos con esa música pronto lo estaréis —dijo Salvador entre dientes, sin perder la tranquilidad.

Eran seguramente chicos jóvenes alargando la fiesta del sábado noche gracias a estimulantes variados. Ráfagas y bocinazos apremiaban al anciano para que se apartara, para que efectuara una retirada que resultaba totalmente imposible. Salvador aceptó primero con una tolerante sonrisa el ansioso comportamiento de los imberbes. Pero cuando pudo oír algunos insultos frunció el ceño y despertó su acostumbrado mal humor. El centenar de caballos del motor GSI aullaban como si quisieran embestir al modesto y destartalado Citroën, que seguía circulando lento y torpe, esperando el ensanche de la carretera para permitir el adelantamiento. El octogenario palpó en un acto reflejo lo que llevaba debajo de la axila izquierda: una pistola Luger semiautomática accionada por retroceso, muy apreciada en su tiempo por los soldados aliados que combatieron en Europa.

Los cuatro jóvenes de cabeza rapada ya habían decidido ensañarse con el conductor del coche que llevaba pegado junto a la matrícula un sol ecologista. El conocido símbolo antinuclear era para los cuatro ocupantes del Opel la antítesis de su gamberra militancia ultraderechista.

Después de muchos minutos de persecución, Salvador encontró un camino de tierra en el que frenando a fondo pudo apartar su Dyane. Allí se quedó esperando que sus acosadores siguieran la marcha. Eran cuatro hijos de familias acomodadas, supo después, que daban a sus hijos todo lo que podían gastar. Pero el Opel también se detuvo, bloqueando la salida de Salvador. El anciano no tenía ninguna posibilidad.

Sentado dentro del coche los vio venir por el retrovisor. Por eso salió a su encuentro y los saludó levantando la mano, mientras con la otra en la espalda sujetaba la pistola. Al que primero tuvo más cerca, y que posiblemente era el líder de la camada, sin más miramiento y con un gesto rápido y perfecto le introdujo el cañón de la Luger en la boca. Los jóvenes, y el que más el encañonado, quedaron paralizados. Pero Salvador, tranquilo y sonriente sujetó la cabeza del ahora inmóvil acosador.

—Debería daros vergüenza tratar así a un viejo. Vosotros tres —dijo sin sacarle la pistola de la boca al cuarto—, si no queréis que lo mate a él y luego a vosotros, bajaros los pantalones hasta los tobillos.

Los agresores no podían creer lo que estaban viviendo. No parecía posible que un anciano fuera capaz de encañonar una pistola de aquella manera. Pero estaba sucediendo. Así que tras la primera vacilación, y atendiendo el nervioso balbuceo de su amigo hicieron lo que se les ordenaba.

—Muy bien ratas. Ahora haced lo mismo con esos calzones de nena que lleváis puestos y envolverlos con los pantalones hasta el talón de las botas. Y despacio para que os vea. Sólo tenéis una oportunidad de salir vivos. Si hacéis cualquier movimiento sospechoso apretaré el gatillo.

Los jóvenes hicieron lo que se les pedía. El encañonado sudaba de miedo en pleno invierno. Notaba el acero en su paladar. Al viejo no le temblaba el pulso y su tono de voz era seguro y resuelto.

—Estupendo chicas. Ahora, dando saltitos os acercareis hasta el borde del barranco. Tened cuidado de no caer que está lleno de zarzales y ortigas. Girad sobre vosotros mismos, mirando hacia el cielo, y con las manos tocando las orejas.

Los jóvenes cumplieron lo ordenado quedándose a un escaso paso del desnivel de casi cinco metros que tenían delante. Al que tenía encañonado, Salvador le dio la vuelta de un empujón, colocando esta vez el cañón de la pistola en su nuca.

—¿Dónde tienes las llaves del coche?

—Están puestas. Allí, en el contacto, se lo juro… por favor —dijo con voz temblorosa.

—Muy bien. Haz lo mismo. Bájate los pantalones y vete con ellos. Pero quédate a un paso, mirando su espalda. ¡Y vosotros tres, poned los pies juntos!

Uno de los jóvenes encarado al barranco sollozaba; otro parecía rezar una oración y al tercero le temblaba todo el cuerpo. El cuarto, el que conducía el Opel y al que Salvador había encañonado se orinó encima.

—Esto no lo esperabais. Si hacéis todo lo que digo os dejaré vivos para que podáis contarlo.

—Por favor —suplicó uno de ellos—, no dispare, no pensábamos hacerle nada. Han sido las drogas. Somos estudiantes de derecho, universitarios, por favor, por favor…

Sin dejar de apuntar su arma, Salvador comprobó dando unos pasos atrás que efectivamente el Kadett tenía las llaves puestas. Después volvió a la espalda del conductor, y hablándole al oído para que los otros tres no escucharan le ordenó:

—Cuando yo te diga, empújalos para que caigan al barranco. Si queda uno solo en pie te mataré a ti y a él. Después de empujarlos lánzate tú también o recibirás un balazo. No te puedes imaginar el dolor que sentirás si no mueres en el acto.

El anciano dio la señal y los tres jóvenes fueron empujados casi simultáneamente, hasta caer entre gritos al fondo del barranco. Se oyeron los golpes y el crujir de la enredada y punzante vegetación. Ante la duda del cuarto Salvador disparo su arma al aire. Un instante después se lanzaba sin miramiento al mismo hoyo en el que habían caído sus amigos. Sus lamentos se mezclaron con los de sus compañeros.

Salvador sonrió satisfecho. Renqueante se acercó al Opel, le quitó las llaves del contacto y el freno de mano, para que la pendiente y un ligero empujón le dejaran el paso libre. El flamante Kadett tardó pocos segundos en despeñarse, dejando el paso franco.

El anciano continuó el camino que tenía previsto. La satisfacción adornaba su rostro arrugado y curtido. Una hora después escondía la pistola en el zulo que tenía habilitado en su pequeña propiedad de montaña.

Esa tarde, de vuelta a casa, Salvador paró en un modesto bar de carretera a tomar café. Allí encontró personas de su edad queriendo darle conversación.

—Los hombres de antes teníamos más cojones —decía un compañero de barra—. No perdíamos la dignidad aunque fuera a costa de perder la vida.

—Eso es el honor —replicó Salvador.

—Yo soy analfabeto y lo llamo cojones.

—Es verdad, es lo mismo.

***

La prensa local del lunes informó escuetamente, en la sección de sucesos, del asalto sufrido por unos jóvenes universitarios en una carretera del interior. Ninguna de las cuatro víctimas, con múltiples traumatismos, confesó la verdad de lo sucedido.

TIEMPO PRESENTE

Estaba tomando café en una terraza de bar, pensando que cumplidos los cincuenta la juventud está muy lejana; que el tiempo no tiene pausa; que me haría volver a vivir para alcanzar todos mis sueños.

Cumplidos los cincuenta de poco sirve seguir soñando porque a esa edad ya no se es más de lo que ya se ha sido. Entonces sonó mi teléfono.

—¿Señor Wolf? Mi nombre es Jan van der Goes y le llamo desde Bélgica. Perdone que no hable muy bien su idioma.

Durante varios minutos, el que decía ser el abogado promotor de una demanda ante el Tribunal Europeo de Derechos Humanos intentó explicarse.

—Soy albacea de la memoria y el patrimonio de un grupo de personas ya fallecidas. Me contrataron para reclamar la aplicación del Protocolo 11 del Convenio para la Protección de los Derechos Humanos y las Libertades Fundamentales.

—Disculpe —le interrumpí—, ¿a quién dice usted que representa?

—A siete personas. Cinco españolas, una francesa y una italiana.

—¿Quiénes son?

—Eso ahora no importa mucho, porque esas personas están muertas.

—Y que tengo yo que ver con eso señor... señor...

—Quiero contratar sus servicios como asesor histórico. Esa era la voluntad de mis clientes. Puede parecerle extraño, pero cuando se lo cuente lo comprenderá.

Tres días después de hablar con el abogado estaba en Bruselas. Viajé en avión con un billete pagado a mi nombre por el abogado belga, que además me había alquilado un coche de alta gama para recorrer los escasos cien kilómetros que separan la capital de la ciudad de Oostende. Y por si surgía algún gasto imprevisto me llegó una trasferencia de tres mil euros a mi cuenta corriente.

***

En Bélgica hacía buen tiempo: un día frío y lluvioso, de los que despiertan el ánimo y hacen sentir la presencia del saludable clima atlántico. El abogado, un hombre alto y delgado de mediana edad me recibió en el hall del hotel, ofreciéndome su mano y una sonrisa amistosa. Sus ojos eran negros, pero su pelo recogido a la altura de la nuca era gris brillante.

—Encantado de conocerle. Comprendo su extrañeza —me dijo con acento neerlandés—. Pero no se preocupe que cuando se lo explique lo entenderá. Regístrese en recepción, suba a su habitación y aséese. Si no le importa yo le espero en el bar.

Entré en la espaciosa habitación, dejé la bolsa de viaje, me lavé la cara con agua fría y volví con el abogado. Una enorme cerveza rubia me esperaba en la barra del bar. Cuando me vio pidió la segunda para él.

—¿Quiénes son esas personas a las que dice que representa? —pregunté.

—Eso de momento no es relevante —se limpió con la mano la espuma—. Voy a entregarle dos cajas. Una con objetos personales y otra con documentos. Además tendrá a su disposición una casa, aquí en Oostende, y una asignación mensual de 2000 euros netos. Tómese el tiempo que necesite.

—Que necesite... ¿para qué?

—El tiempo que necesite para estudiar los documentos. Cuando lo haya hecho dígamelo. A partir de entonces le preguntaré todo lo que necesite saber sobre determinados momentos de aquellos años.

—¿De qué años?

—Creo que el primer documento oficial es de 1936 y el último de 1945. Pero también hay anotaciones de finales del siglo pasado. Si no le importa pediré otra cerveza.

El camarero sirvió también una segunda para mí. El abogado siguió hablando.

—Esas siete personas formaban parte de una organización más o menos secreta. Y creame que vivieron cosas extraordinarias.

Con la siguiente ronda concluyó mi primera entrevista con el abogado. Esa noche cené en el hotel una inmensa fuente de mejillones al vapor con apio y cebolla, y una botella de vino entera. Al día siguiente, después del desayuno, el abogado se presentó en el hotel para enseñarme la casa: una pequeña mansión de dos alturas, con ocho habitaciones, cuatro cuartos de baño, un gran salón, una enorme biblioteca y una espaciosa cocina. En un garaje contiguo había unos cuantos vehículos antiguos: un Citroën Dyane 6, un Peugeot 202, un Peugeot 203, un Peugeot 404, un Peugeot 504, un Dodge 3700, un Renault Juvaquatre, un Citroën TA, un Volkswagen Kübel, un autocar Büssing Nag y una motocicleta BMW R-32 con sidecar. En el interior de la casa había dos máquinas de escribir: una Olivetti M40 y una Remington. Colgado del techo podía verse una maqueta a gran escala del avión I-16; y sobre una mesa alargada, también a escala considerable, la del acorazado *Jaime I*.

—Es un pequeño museo —dijo el abogado belga—. Todo tiene su sentido.

***

Cuesta reconocer para la vida real lo que parece posible en la ficción. Seguramente por eso nadie suele sospechar que en uno de esos habituales grupos de ancianos sentados al sol, pueda haber tan extraordinarios protagonistas de la historia del siglo xx.

Envueltas en paños aceitosos había cinco pistolas distintas. En la misma caja que las contenía, había una insignia del partido valenciano Unión Republicana Autonomista; un manual de uso en polaco del fusil Mauser; un radio transistor de la marca Zenith Royal; tres billetes de tranvía por valor de 25 céntimos de peseta cada uno; siete plumas estilográficas Waterman de palanca, exactamente iguales; la bobina de cinta de la película *El Triunfo de la Voluntad* de Riefenstahl; un ejemplar de 1937 de *Crónicas del Frente de Madrid*, de Mauro Bajatierra; un emblema de tela, para coser en la manga, con la leyenda «Agredir para Vencer. Brigada Mixta Flechas Negras»; el periódico *La Vanguardia* del 2 de septiembre de 1939; una fotografía de Himmler en Mauthausen; un folleto del Museo Histórico Militar de Valencia; condecoraciones del ejército republicano y del francés, y una pequeña bolsa de cuero con monedas antiguas, españolas y francesas. En otra caja había casi mil páginas escritas.

El primero de los documentos que pude leer era seguramente el más importante. Tenía asignado el número 1 por ser el de fecha más lejana, o por ser el primero expedido por una organización hasta entonces desconocida para los historiadores.

***

A finales de octubre de 1936, el presidente del Consejo de Ministros de la II República española cometió el fatal error de anunciar el inminente ataque de su ejército, que siendo conocido por el enemigo acabó lógicamente en fracaso. Largo Caballero fue muy criticado por haber contrariado la norma más elemental de la inteligencia militar, al declarar públicamente la fecha de la ofensiva y los medios que a ella destinaba.

Cuando el sindicalista asumió la jefatura del gobierno, el Servicio de Inteligencia creado en 1935 no tenía en la práctica ninguna actividad. Y la llamada Sección del Servicio Especial, que en 1932 había creado el Estado Mayor Central del Ejército, estaba totalmente deshecha después del golpe militar de julio. Al mismo tiempo que se construía el Ejército Popular de la República, se estaba organizando el Servicio de Investigación Militar, dedicado a tareas de seguridad y contraespionaje en el interior; el Servicio de Información Especial Periférico, cuyo ámbito de actuación era la zona ocupada por los sublevados; y el Servicio de Información Especial Exterior, destinado a labores en el extranjero. Una estructura demasiado compleja que Largo Caballero era incapaz de controlar. Lo que el jefe de gobierno y ministro de la guerra necesitaba era una organización nueva, verdaderamente secreta y de absoluta confianza, que le suministrara sin las habituales injerencias la información militar y política que sus siempre difíciles decisiones requerían.

La idea, que compartió solo con sus colaboradores más cercanos, era organizar un servicio secreto del que oficialmente no existiera constancia, y que recibiera copia de toda la documentación que generaba la Sección de Información dependiente del Estado Mayor Central que había encargado crear al coronel Manuel Estrada, y que centralizaba y procesaba la información reservada que cada unidad obtenía para sus mandos.

En diciembre de 1936, el secretario personal del jefe de gobierno, cumpliendo instrucciones, convocó discretamente en Valencia a siete comisarios políticos del recién creado Ejército Popular, para organizar ese servicio secreto de información a disposición personal y exclusiva de Largo Caballero, que recibió en un piso alejado de la sede de su gobierno a los siete hombres, a los que no conocía pero estaba seguro merecían toda la confianza de quienes los recomendaban. Habían sido propuestos por los mismos a los que había expuesto su idea a mediados de noviembre.

El documento, mecanografiado en papel de calidad y sin ningún tipo de membrete oficial, estaba en perfecto estado de conservación.

```
DOCUMENTO N.º 1
Directorio Secreto de Información (DSI)
Diciembre de 1936
Posición: Valencia


Se declara la necesidad de recabar elementos de
juicio que sirvan de base a las decisiones del mando.
    Se declara creada la organización que debe procurar
esos recursos.
    Se declara el compromiso de los presentes de no
hacer pública en ninguna circunstancia o lugar la exis-
tencia de la referida.
```

El siguiente reglamento carece de validez legal. Afecta única y personalmente a los convocados para constituir y organizar el llamado Directorio Principal (DP) como máximo órgano directivo del DSI.

Se inspira en lo concerniente a las generalidades en lo aprobado por Orden circular de 8 de octubre de 1935.

El DP responde de manera secreta y exclusiva ante el Mando convocante de la presente constitución, actuando de manera individual o colectiva.

Los miembros del DP podrán constituir su Servicio Subsidiario (SSU).

Los integrantes de los SSU que puedan constituirse desconocerán la existencia y personalidad de otros miembros de su red, así como de los que constituyen el DSI y el DP. Los integrantes de los SSU son responsables ante el miembro del DP que efectúa su reclutamiento.

Los procedimientos o elementos de los que se sirve el DS para obtener la información que se pretende, el programa de y los órganos de investigación, son competencia del DP tanto en sus actuaciones colectivas como individuales.

En ningún caso se hará constar de manera escrita la identidad del Mando, o integrantes del DP y SSU, salvo por su nombre en clave.

El DP puede ser requerido individual o colectivamente por el Mando para la misión que se requiera; asimismo el DP puede transmitir la información que considere relevante, examinada críticamente y custodiándose en todo momento secretamente.

El DSI utilizará mediante las oportunas autorizaciones expedidas por el Mando a los integrantes del DP de todos aquello recursos y medios del Ejército y el Estado.

Diciembre de 1936.

Dan conformidad de la presente:
Creador, Dólar, Ebre, Leonardo, Tokarev, Obispo, Miguel y Navarra.

FINALES DEL SIGLO XX

La nuera del octogenario Ignacio Suescun lo encerraba en el balcón. Le obligaba a sentarse en una silla plegable, a taparse con una manta descolorida y sucia, y a quedarse allí entre ropa tendida, escobas, cubos y fregonas, sin apenas poder ver la calle. Ignacio vivía en la casa de su hijo y su malcarada mujer. Era un segundo piso de una finca en un barrio humilde, en una calle desordenada y ruidosa, demasiado estrecha para encarar edificios de cinco alturas. El aire frío que esa mañana respiraba Ignacio estaba viciado por el humo del tráfico de los coches particulares y las furgonetas de reparto. Lo peor era sentirse encerrado y revivir un recuerdo no muy agradable.

Así eran las mañanas de los lunes porque el primero de la semana era el día que su nuera hacía limpieza. Ignacio no se quejaba, al menos a ella, una rolliza cuarentona de pelo mal teñido y empatía nula. Las incontenibles ganas de orinar eran para el anciano el peor tormento. Le impedían cualquier pensamiento, cualquier otra acción que no fuera soportar lo insoportable.

—No lo quiero ver pasar al baño hasta mediodía, que lo acabo de asear. Y no se lo haga encima o le obligaré a ponerse pañal.

—Malvada bruja. —Se permitió contestar él entre dientes.

Ignacio había vivido en Bélgica, en su propia casa, hasta que los achaques y la suculenta pensión que cobraba convencieron a su hijo de traerlo a España. Su única descendencia directa ya había consumido tres matrimonios y su escaso amor propio. Todas las mujeres con las que compartía vida acababan yéndose con otro. A Ignacio su nuera le tenía la pensión secuestrada. Pero eso no importaba. Al fin y al cabo era un mal menor para quien tanto había sido y ya no era nada. Por eso y por su necesidad de orinar decidió esa mañana salir del balcón, entrar al baño pese a la mirada de reprobación que recibió y después, hacer la llamada telefónica que tanto tiempo había deseado hacer.

El teléfono de baquelita sonó estridente en la casa de Salvador Monzón. Hasta seis veces lo hizo antes de que éste, molesto por el esfuerzo de levantarse, contestara a voz en grito.

—¿Quién es? ¿Quién es?

—Soy yo, no hace falta que grites. Soy yo, Ignacio.

—¿Ignacio? ¿Qué cojones quieres? ¿Se te ha olvidado que no podemos tener ningún contacto?

—Yo también me alegro de hablar contigo viejo loco.

La conversación transcurrió fingidamente áspera hasta que Ignacio utilizó un tono lastimero.

—Necesito ayuda. Necesito que me saques de la cárcel...

—Está bien, no me llores. ¿Qué pasa?

Ignacio intentó decir lo que quería en voz muy baja, para que su nuera no le escuchara.

—No te oigo nada —le interrumpió Salvador—. Si no puedes hablar dónde estás vete a otro teléfono y vuélveme a llamar.

Ignacio se apresuró a bajar a la calle. Se cambió la bata afelpada por un abrigo de paño y las zapatillas por zapatos sin cordones.

—Eso, eso, baje a la calle, a ver si pilla una pulmonía y nos jode la navidad —gritó la bruja.

Ignacio no contestó. Bajó poco a poco los cuatro tramos de escalera sin soltarse un solo instante de los mugrientos pasamanos. A escasos cien metros encontró una cabina, con el teléfono sucio pero funcionando.

—Escúchame —gritó Ignacio al oír la respuesta de Salvador—. No quiero volver a mearme encima.

—Tienes suerte malnacido de poder hacerlo sólo. A mí tienen que sondarme...

—No, no es sólo eso. Es que no aguanto más. Quiero irme de aquí.

—Pues vete, vete mientras puedas andar y moverte por ti mismo.

Después de un silencio que duró varios segundos Ignacio contínúo hablando, esta vez elevando la voz.

—No, no estoy seguro de poder hacerlo solo.

—¿Y qué quieres que haga yo por ti?

—Que vengas a sacarme de aquí, o a pegarme un tiro. Quiero volver a Bélgica, a mi casa. Tendrás que llevarme.

—No, yo ahora no puedo. Iras tú solo y me esperarás allí. Escúchame bien lo que tienes que hacer.

Ignacio obedeció al pie de la letra las instrucciones de Salvador. Subió a casa, y pisando de nuevo el pasillo recién fregado, sacó del fondo de su armario una vieja mochila de hebillas de hierro, en la que metió un par de mudas de ropa, su documentación, la libreta del banco y todo el dinero en efectivo que tenía ahorrado. Eran poco más de tres mil pesetas. Sin más explicaciones salió de la casa para tomar un taxi que lo dejó en la estación de tren de la capital.

En el rehabilitado salón modernista donde se vendían los billetes, el octogenario se sintió joven. Había conseguido huir otra vez. La estación rebosaba de gente yendo y viniendo, cada cual a su camino. Ignacio se quedó mirando absorto, imaginando esas otras vidas que él también había tenido. Después se dirigió a la taquilla que expedía los billetes. Cuando ya estaba sentado en el vagón recordó el último día que había visto a Salvador. Habían pasado muchos años. Se despidieron teniendo la jubilación cercana y ahora estaban en la ancianidad. Eso fue en el mes de abril de 1978, después de enterrar a Largo Caballero en Madrid.

Una hora de trayecto después, Ignacio bajó del tren. Lo ayudó una jovencita, tan bonita como amable, a la que el anciano miró sonriendo, sinceramente agradecido. Parecía que la vida se recuperaba, que el viejo mueble echaba a andar. Salvador lo esperaba en el andén. Nada más verlo se apresuró a ir a su encuentro. Se abrazaron de la manera que solo los grandes y viejos amigos lo hacen. Se sentaron en una cafetería cercana. Ignacio tenía los ojos llorosos mientras Salvador le explicaba el plan.

—No me hagas pucheros y atiende —Salvador le entregó un

sobre con cien billetes de cinco mil pesetas—. Hay dinero suficiente para llegar a Barcelona, coger un taxi hasta el aeropuerto, comprar un billete de avión a Bruselas, cambiar moneda, y en taxi llegar a tu casa de Oostende, que seguro que está hecha un asco. Hoy tendrás que dormir en un hotel. Mañana contrata una compañía de limpieza y pon tu casa a punto. Si no te ves capaz, contrata a alguien que te ayude hasta que llegue yo. ¿Tu hijo sabe que te has ido de casa?

—No, no. Y no creo que le importe mientras crea que puede seguir cobrando mi pensión.

—De eso ya hablaremos. Cuando llegues al aeropuerto y tengas el billete me llamas a mi casa. Y cuando llegues a Oostende también. ¿Está claro?

Salvador ayudó a Ignacio a subir al tren destino Barcelona. Lo despidió con el puño cerrado en alto. Volvió a su casa en taxi, en el mismo que lo había traído desde el pueblo de la Sierra. Pese al cansancio, Salvador estaba de buen humor. Esa tarde la pasó pendiente del teléfono, que sonó entrada la noche. Era Ignacio desde el hotel de Oostende en el que se había hospedado. Después de colgar el teléfono, Salvador, sin importarle la hora, decidió continuar la historia y llamar a Dolores. Ella atendió paciente su eufórica explicación, muy feliz de escuchar la voz de un viejo amor.

Año 1933

Dolores Sanmartín trabajaba en una fábrica de sacos. Seis días por semana se levantaba muy temprano, fuera invierno o verano. Iba al trabajo caminando, acompañada de otras chicas de su edad, unas veces cantando y otras en silencio de puro cansancio. Eran cuatro kilómetros de ida y otros tantos de vuelta. Por eso el día que la Iglesia consideraba santo dormía todo lo que podía.

Pero el último domingo de octubre de 1933 era especial, porque enterraban a Blasco Ibáñez en Valencia. Traían sus restos de Francia en un acorazado. Dolores había conseguido, después de mucho insistir, que su madre y su abuela le dejaran ir al entierro acompañada de dos amigos.

—No está bien que una chica se meta en política. Eso no te dará marido —le decía su madre.

La insistencia de Dolores consiguió finalmente el permiso. Por eso se levantó radiante, hasta el punto de tararear bajito *Trágala perro* mientras se lavaba la cara. «Dicen que el "¡Trágala!" / es insultante, / pero no insulta / más que al tunante. Y mientras dure / esta canalla / no cesaremos / de decir ¡Trágala!, / ¡Trágala, trágala, / trágala perro! / ¡Trágala, trágala, / trágala perro!».

Era la canción que de niña oía cantar a su padre, fallecido hacía tres años. Dolores había cumplido dieciocho y seguía siendo menor de edad. Su ejercitado cuerpo rebosaba lozanía. Tenía el cabello castaño claro, pecho abundante y piernas largas. Sus compañeros de aventura, a los que conocía desde la infancia, eran Salvador Monzón y Cosme Casanova. La tarde anterior se habían presentado en casa de Dolores, prometiendo a la madre y la abuela buena conducta y respeto absoluto.

—Si os metéis en algún lío, o a mi nieta le pasa algo, os juro que os cortaré el cuello como a una gallina —les advirtió la abuela.

Querían salir de madrugada para llegar y tener sitio en el puerto. Salvador había dormido en casa de Cosme; los dos en la misma pequeña cama. Irían a Valencia andando. A Dolores no le importaba repetir ese día parte del camino que hacía de lunes a sábado.

—Sarna con gusto no pica —sentenció su madre con tono de reproche.

Cosme y Dolores eran del mismo pueblo y Salvador el principal amigo de Cosme. Los tres habían compartido juegos en la calle durante muchos veranos. Pero ahora era distinto. La falsa moral impuesta y los convencionalismos obligaban a que su amistad y relación tuviera que ser escondida.

Dolores había comenzado a preparar su ajuar en la adolescencia, aunque no se le conocía ni pretendiente, ni intención alguna de tenerlo. Su experiencia sexual no iba más allá de algún beso furtivo con sus dos grandes amigos. Con ellos compartía no obstante cosas más importantes: lecturas y charlas, ilusión republicana y alguna clandestina borrachera con cerveza.

Cuando Dolores salió a la calle, ellos ya estaban esperando. Ella llevaba su mejor ropa de domingo y Salvador y Cosme iban repeinados y afeitados. En el trayecto coincidieron con muchos otros que hacían lo mismo que ellos: andar ligero y guardar silencio. Entraron en la ciudad por la cruz de Mislata, y luego bordearon el río para cruzarlo por el puente de Aragón. Desde allí, y bajando por la avenida de los Aliados, llegaron al puerto pasadas las siete de la mañana.

—La verdad es que estoy emocionada.

Ellos no contestaron. Casi no dijeron nada hasta que llegaron a su destino. En el puerto, que ya estaba abarrotado de personas, aferraron sus manos a las de ella, y pidiendo perdón en voz alta, se colocaron todo lo cerca que pudieron del escenario principal.

Estaban ilusionados y radiantes de felicidad. Dolores compró a un niño, con vistosa gorra tricolor, la insignia oficial que, por una peseta, vendía la Unión Republicana Autonomista. Tenía la efigie de Blasco Ibáñez sobre el escudo regional y el triángulo tricolor. El escritor había muerto cinco años antes en Francia, pero en esa fecha gobernaba el dictador Primo de Rivera y reinaba Alfonso XIII.

En el muelle se habían dispuesto tribunas para autoridades y personalidades. La mayoría ya estaban sentadas. A las tres de la madrugada había anclado frente al puerto el acorazado *Jaime I*, escoltado por unidades de la marina de guerra española y francesa. El buque que transportaba los restos del novelista había entrado en servicio en septiembre de 1921; desplazaba 16 400 toneladas a plena carga y tenía 139,90 metros de eslora y 24 de manga. Cosme leía los datos que tenía anotados en una pequeña libreta de bolsillo.

—El *Jaime I* es el tercero de una serie de tres acorazados construidos en el Ferrol a principios de siglo. Tiene la cubierta corrida, puente de mando, una gran chimenea al centro, dos mástiles en trípode y 850 hombres de dotación. Dispone de doce calderas de carbón para la propulsión de cuatro hélices que pueden desplazar dieciséis mil toneladas a diez nudos durante siete mil quinientas millas.

Cuando la sirena del acorazado anunció su entrada en el puerto la gente se apretó todo lo que pudo. Los tres compañeros de aventura ya habían comido apresuradamente el almuerzo que Cosme traía en un saquito: huevos duros con sal, pan blanco y vino. A Dolores el alcohol le subió el color a la cara.

Esa mañana de domingo eran tantas las manos republicanas que querían sujetar el féretro, que de haber caído no hubiera tocado el suelo. Dolores estaba aprisionada entre Salvador y Cosme, que intentaban protegerla. Fue un momento, un instante, pero Dolores se sintió turbada. Ella notó la presencia de ellos por debajo de su cintura, la de Cosme en su pubis, y la de Salvador entre sus nalgas. Ellos rozaron con su nariz el cuello de ella, casi al mismo tiempo; uno por cada lado. Después tocaron sus caderas y apretaron sus senos. Dolores se sintió más excitada que nunca en su vida. Tanto como para en ese momento desear con todas su hormonas practicar sexo con ambos al mismo tiempo. Pero ninguno de los tres dijo nada. Luego sonó la música y después se dispararon cañonazos para rendir los honores al escritor. Atronando el cielo, aviones e hidroaviones sobrevolaron Valencia arrojando flores. Veinte mil palomas fueron puestas en libertad. Dolores, Salvador y Cosme eran muy felices, de esa manera tan intensa y tan propia de la juventud.

A las diez y media de la mañana se inició el desfile del féretro y a las once y cuarto entraba el arcón en la avenida de los Aliados, repleta de dos largas y compactas filas de personas que llegaban hasta el puente de Aragón. Casi dos horas tardó el cortejo en recorrer ese trayecto. Los balcones estaban engalanados con banderas tricolores y crespones negros, y desde las ventanas o desde la propia calle se lanzaban pétalos de flores y papelitos de colores. En una fachada se habían colocado unos enormes retratos de Vicente Blasco Ibáñez. Algunas personas lloraban y otras gritaban vivas a la república, pero la mayoría guardaba silencio. Una banda de música rompía el paso del cortejo tocando sin parar marchas fúnebres y el *Himno de Riego*. El desfile transcurrió por el puente del Mar, la avenida Navarro Reverter, la plaza de la República, la calle Colón, la calle Játiva y la avenida de Nicolás Salmerón.

Salvador y Cosme se turnaban para traerle agua a Dolores, o un abanico, o una flor cogida al vuelo, que ella colocaba en su pelo. Dolores era algo así como la encarnación de la figura femenina que representa la República. Pasado el mediodía entraron los tres a comer en L'Hostal del Ninot de la calle de la Sangre. Gastaron diez pesetas y cincuenta céntimos en el menú. Para beber pidieron cerveza: Cosme de la marca Damm, Dolores una Moritz y Salvador la Munich-Negra, que por supuesto compartieron. A las tres en punto de la tarde subieron al tranvía en la parada de las Torres de Quart que, por veinticinco céntimos cada uno, los devolvió a casa. Juraron ser amigos durante el resto de sus vidas.

Finales del siglo XX

Esperando turno en la consulta del neurólogo, Salvador releía en voz alta los folletos titulados «Consejos para una mejor ancianidad»:

—«La memoria de las personas se contiene en las diferentes, variadas, y sincronizadas conexiones neuronales. El cerebro debe ejercitarse de la misma manera que se ejercita el cuerpo. Sólo así pueden adquirirse en la edad avanzada nuevas conexiones. Puede distinguirse entre memoria sensorial, más localizada y fisiológica, y memoria asociativa, más difusa y compleja. El ingrediente fundamental de la inteligencia humana es la llamada memoria de trabajo».

Cuando la megafonía anunció su nombre, Salvador se apresuró a levantarse y entrar en la consulta, después de por educación golpear suavemente la puerta con los nudillos.

—Salvador Monzón —afirmó el médico, sin más saludo—; artritis, neuropatía, colon irritable, hipertensión, prostatitis...

—Lo peor, ya lo sabe, es que olvido si he comido o si he meado... no sé en qué lugar de mi cabeza hay un agujero, pero se me escapan ciertas cosas.

—Se lo voy a explicar —dijo el neurólogo con voz cansada—. Antes se creía que el cerebro era un inmenso armario lleno de cajones, en los que la memoria y el conocimiento se guardaban hasta que por falta de espacio se vaciaban para dejar sitio a lo más reciente.

Pero ahora sabemos que no es así. En el cerebro, el todo es mucho más que la suma de las partes. ¿Entiende lo que le digo?

Salvador lo entendía perfectamente pero no le preocupaba lo más mínimo. Afortunadamente tenía la mente ocupada en otra cosa. En algo verdaderamente importante. La enfermera le tomó la tensión. El pueblo de la sierra en el que Salvador vivía tenía doscientos habitantes escasos y la gran mayoría jubilados. Ya no había escuela; la farmacia abría por encargo y el practicante visitaba dos veces por semana. El centro de especialidades al que Salvador se desplazaba cada tres meses distaba cincuenta kilómetros de su casa. Aunque Salvador aun conducía, utilizaba la ambulancia que el Alcalde, sensible a las necesidades de su envejecido vecindario, tenía contratada de manera permanente.

El anciano iba armado con la Tokarev: una pistola soviética semiautomática, trescientos gramos más pesada que una PPK, y que escondía en una bolsa de cuero no fuera que el médico le pidiera desnudarse. Salvador era alto y extremadamente delgado. En la consulta, una mezcla de camillas y mesas con instrumental médico, siempre se ponía un poco nervioso y le sudaban las manos. Lo que le permitía conservar la calma era saber que en cuestión de segundos podía esgrimir el arma con una bala en la recámara.

—¿Profesión? —le preguntó metódico el enfermero.

—Conductor mecánico —contestó él.

—¿Ha sido siempre esa su profesión?

—No sabría decirle. ¿Acaso tiene eso importancia?

La fortaleza de los recuerdos depende del contexto emocional en el que se ha vivido la experiencia. La red neuronal es la base del conocimiento y la memoria. El cerebro humano contiene decenas de miles de millones de neuronas, pero la clave está en las relaciones que establecen en la llamada sinapsis.

Salvador salió de la consulta con diagnóstico de senilidad: una degeneración progresiva de las facultades propia de su edad. Una hora de viaje de vuelta después, cuando intentaba abrir la pesada puerta de su casa, un golpe brusco le empujó hacia el interior.

—¡Cosme! ¿De verdad me quieres matar? —dijo sabiendo quién era su atacante.

—No viejo loco, no, te mataran los años, yo no.

Los dos ancianos se abrazaron. De esa manera que sólo los viejos amigos lo hacen.

—¡Llevo años sin verte! —exclamó Salvador.

—Cállate y vamos. Tengo el coche esperando.

—¿Quién conduce?

—Tú, por supuesto.

Los dos ancianos rieron de pura felicidad, mostrando sus dentaduras postizas, inmaculadas y perfectas. Se sentaron dentro del vehículo, un viejo pero imponente Dodge, sin poder dejar de hablar un solo instante.

—Parece que la muerte quiere reunirnos. La semana pasada me llamó Vidal para decirme que se está muriendo. Lo mandé a ver a Estelle, por si les queda algo pendiente. Esta mañana hable con Dolores y me contó lo de Ignacio y lo que hiciste con él.

—¿Y este cacharro? —preguntó Salvador mientras arrancaba el Dodge.

—Si no te gusta vete andando, si es que puedes, carcamal.

—Joder, parece el del almirante. ¿A quién se lo compraste?

—La verdad es que no me acuerdo. Dicen los médicos que dentro de poco no sabremos ni como nos llamamos.

—Mejor, así por lo menos no sabremos que nos estamos muriendo.

—Vamos a comer a la playa y lo hablamos más tranquilamente —dijo Cosme.

—De acuerdo, pero devuélveme la Tokarev. Te he visto meter la mano en la bolsa, ladrón.

Volvieron a reír.

—Es extraño con nuestra edad repetir alegrías en tan poco rato. Escúchame —dijo Salvador en voz baja—, hay que localizar al resto. Primero al Directorio Principal y luego a todo el que se pueda.

—Será difícil. ¿Sabes de qué me sigo acordando?

En el trayecto hasta el restaurante, cómodamente sentados en el coche, los ancianos hablaron del tiempo pasado. Del que habían pasado juntos. El vehículo era un Dodge 3700 de 1971, totalmente restaurado y puesto a punto. Cosme había pagado por él un millón de pesetas. Era de color gris oscuro metalizado reluciente, con volante de madera y asientos de cuero; y que consumía quince litros cada cien kilómetros. Era no obstante, según Cosme, un coche estupendo, con seis cilindros alimentados por carburadores de doble cuerpo y doce válvulas, con cambio de cuatro velocidades, dirección servoasistida, tonelada y media de peso, cinco metros de largo, aire acondicionado y equipo de radio original. El techo estaba revestido de vinilo negro y tenía cromados los pasos de rueda, además de los contornos de la calandra y los parabrisas, los marcos de las ventanillas, el retrovisor exterior, las manillas de las puertas y el tapón del depósito de la gasolina, de 60 litros de capacidad.

Era un día frío pero soleado y ver pasar las cosas a la velocidad que viajan los coches antiguos era un placer. Concha Piquer cantaba su repertorio gracias al reproductor de cintas. La de *Suspiros de España* la cantaron también los dos ancianos.

—«Siento en mi triste emoción. / Me voy sufriendo lejos de ti / y se desgarra mi corazón...».

Cuando llegaron al restaurante, alterados aun por la euforia del reencuentro, llamaron por teléfono a Dolores, que los sorprendió diciendo que había pensado ir a verlos. Comieron apresuradamente y sin parar de hablar. Después del café volvieron al coche. No se detuvieron hasta que Cosme, poco antes de llegar al pueblo de la sierra le indicó a Salvador que parara. El anciano bajo penosamente, estiró las piernas, alivió la próstata y recogió unas flores silvestres con las que armó un ramo.

—No es para ti vejestorio. Es para Dolores.

Salvador hizo fingida mención de golpear a Cosme. Y volvieron a reír sabedores de lo que ambos recordaban.

***

Nadie escucha a los ancianos. A nadie le interesa el triste final de la vida. Hablan de guerras viejas, de ideales caducos que huelen como los armarios cerrados. Lo que los viejos tienen que contar puede leerse resumido en algunos libros que tampoco interesan demasiado. En el pequeño pueblo de la sierra nadie sabía quién era realmente Salvador Monzón. Sólo que vivía en la casa que había heredado al enviudar; que había vuelto jubilado de Francia donde vivía exiliado.

Salvador aparcó el Dodge en la plaza del pueblo justo delante del ayuntamiento. Cosme cargó con la vieja mochila que llevaba en el amplio maletero y siguió a Salvador, que después de un breve forcejeo le había arrebatado el ramo de flores silvestres. Estaban ansiosos por volver a ver a Dolores y corretearon por las callejuelas de trazado musulmán, como si fueran dos niños jugando a perseguirse. Jadeando se detuvieron delante de la casa de Salvador, que utilizó la llave y un empujón para abrir la puerta.

Cosme nació en 1912 y medía unos pocos centímetros menos de los 160 que anotaron en la cartilla militar que aún conservaba. Sus 85 centímetros de perímetro torácico se habían reducido al tiempo que aumentaba la curva de su estómago; tenía los ojos grandes y negros, la cara redonda y un poco de pelo encima de la orejas. La nuca estaba poblada de arrugas y un poco más arriba se le veía una mancha de color negro. Las piernas eran cortas pero ágiles y el brazo derecho lo tenía parcialmente inútil.

Salvador era dos años más viejo. Tenía las cejas pobladas por la edad y los azules ojos hundidos y vidriosos. Conservaba una abundante mata de pelo blanco y el color de su cara era gris pálido. Su aspecto era más enfermizo que el de Cosme, pero mantenía un porte distinguido y un tono de voz grave. Salvador vivía de su pensión francesa y de lo que le procuraba un pequeño huerto cercano. Sin más calefacción que la que producía la leña del monte, con un par de viejas bombillas en toda la casa, sin electrodomésticos y con la única concesión de un viejo aparato de radio de transistores, Salvador se anclaba a un modo de vida que ya no existía en el último cuarto del siglo XX.

—¿Cómo puedes vivir así?

Salvador empuñó un fusil que tenía colgado detrás de la puerta.

Dirigiéndose a Cosme le repitió lo que éste ya sabía.

—Es un Mauser polaco; un fusil de repetición, accionado por cerrojo para cinco cartuchos.

Salvador accionó el mecanismo de recarga y Cosme intervino levantándole el cañón con el brazo.

—Ya lo sé y me río de tus bravuconadas. Es del calibre 7,92, tiene una longitud total de un metro diez. Pesa alrededor de tres kilos y medio. El llenado de los cartuchos puede hacerse por peine o uno a uno. Seguro que lleva la marca del escudo polaco en el cajón de mecanismos.

—Es uno de los veinte mil que vinieron a España —continuo Salvador—. A finales de 1936, Polonia podía habernos nutrido ella sola con ciento cincuenta mil fusiles, pero no lo hizo. Éste le costó a la República treinta dólares de los de entonces.

Salvador sirvió de una botella abierta que sacó de la despensa dos vasos de vino: negro y espeso como el que se hacía antes. Cosme se sentó a beber. Era una casa antigua, posiblemente de planta musulmana. El campanario situado justo enfrente hacía sonar de manera muy perceptible las horas, quizá para demostrar que entre aquel silencio también transcurría el tiempo.

—Después de tantos años, ¿te puedes creer que estoy a gusto?

—Esto es una pocilga compañero —le reprochó Cosme cambiando el tono—. Viene Dolores. Asearemos esto y después nos ducharemos. Si tienes un traje sin polilla, hazte el favor y póntelo.

Para la cena tenían previsto una sopa de ajo, una punta de jamón, unas acelgas hervidas de ensalada, pan y aceite. De postre una docena de arrugadas y sabrosas manzanas. Y un par de botellas de vino para recordar los tiempos pasados.

—Prepárale una habitación a Dolores —dijo Cosme.

—Te estoy haciendo cama a ti. Ella dormirá conmigo.

—Ni lo sueñes viejo verde. Ella dormirá sola y yo contigo.

Pese al tiempo transcurrido, pese a la edad alcanzada, Salvador y Cosme continuaban compitiendo por obtener la preferencia de ella. Dolores les había escrito hacía muchos años la misma carta a los dos.

Me casé con un buen hombre, ya lo sabéis, al que quería, pero del que no estaba enamorada. Nunca sentí verdadero deseo sexual por él. Por vosotros sí. Me casé por necesidad. Estaba sola y era incapaz de mantenerme por mi misma. Todo el mundo sabía mi pasado: que había trabajado en el Sindicato, que tenía contactos, decían ellos, entre las autoridades repu-blicanas. Todo el mundo sabía que no era virgen; que no iba a misa. Mucho bagaje y malo. Ramón me propuso matrimonio al poco de conocernos. Era el encargado de la fábrica en la que encontré trabajo. Era un buen hombre, bastante mayor que yo, muy católico, sincero. A las chicas de la fábrica nos trataba bien. El dueño de la empresa era en cambio un falangista, un camisa vieja, altanero y desagradable. Ramón me llamó un día a su pequeño despacho. Cuando llegué estaba un poco nervio-so. Era un hombre calmado pero la situación lo sobrepasaba. Por eso le dije que sí de inmediato. Pero no lo quería. Con quien de verdad quería estar era con vosotros; con los dos a la vez, como aquella vez en la playa. Con él me casé por necesi-dad, lo reconozco y no me avergüenzo.

A la vejez, Dolores era muy devota de los muertos. Vestía de luto riguroso desde el fallecimiento de su marido. El cementerio de su pueblo, que visitaba casi a diario, estaba como muchos otros rodeado de cipreses. Había sido inaugurado a principios de siglo, concretamente en 1910 cuando, no sin problemas, el ayuntamiento pudo aplicar las leyes que mandaban alejar de los recintos urbanos el espacio dedicado a inhumaciones. Por un camino que siempre olía a cebollas, transcurrían las comitivas fúnebres. El cura acompa-ñaba al muerto hasta el cementerio y tras él andaban apretados los familiares, conocidos y vecinos, todos enlutados. Las mujeres con medias y velo negro y los hombres con corbata del mismo color. Así era antes. Podía escucharse el discurrir del agua en las acequias tanto como el llanto de las mujeres del muerto. Antes de la moderni-dad, el luto se guardaba al menos un año; la lápida fijaba el recuerdo y sellaba higiénicamente el enterramiento de un cadáver que en su tiempo fue una persona viva: un ser humano que había nacido, go-zado y sufrido en el que había sido su tiempo.

La inscripción en el mármol hablaba de su nombre, de los años que vivió y de los familiares que tenía, prácticamente nada de lo mucho que una persona acumula durante sus años de vida. Escul-pidas en piedra había cabezas de Cristo, ángeles sin sexo, cruces y alguna virgen, que se limpiaban y cubrían de flores porque sólo los más agnósticos creen que la muerte es total e irreversible.

Salvador y Cosme recibieron a Dolores con besos y abrazos. La hicieron entrar sin dejar de mirarla de arriba a abajo. Los tres tenían lágrimas en los ojos. Se abrazaban, se tocaban y cogían de las manos. Para ellos Dolores seguía siendo la representación de la mujer; la mujer con la que hubieran deseado compartir su vida. Por eso hubo un instante de silencio. Después Salvador habló de Ignacio y Dolores de Lucas.

—Os he traído la última carta que me escribió. Nunca la firma ni pone remite, pero yo sé que es de él. Lo hace así porque Vidal dijo en el entierro en Madrid que no debíamos mantener contacto alguno —explicó Dolores.

—Sí, la verdad es que Lucas siempre fue muy disciplinado —añadió Cosme.

—Ese ya es un compromiso inútil —apuntó Salvador—. Somos demasiado viejos para tanta precaución.

Dolores extrajo de su bolso lo que un par de meses antes le había escrito Lucas Nieto, y despacio y sin prosa la leyó en voz alta:

Ya sabes querida amiga que nací muerto de hambre; pero lo malo es que moriré inútil perdido. ¡Vaya carrera! Fui el primero en nacer de siete hermanos, y no tengo muy clara mi fecha de nacimiento. Mi madre me parió en un cortijo entre Jaén y Córdoba; la documentación dice que en 1911. Mis primeros años fueron analfabetos. Aprendí a leer y a escribir gracias a los del sindicato, que montaron una escuela para los jornaleros. Gracias a eso, a saber leer y escribir, a principios de 1938 ya era sargento de blindados. Mi padre no se lo podía creer. En el cortijo vivíamos casi como esclavos. Pagando el alquiler de la habitación en la que vivíamos doce personas y liquidando la deuda contraída para poder comer, tener lumbre y vestir harapos, a mi madre le quedaban unas pocas perras gordas. De sargento de carros blindados me daban en un día lo que mi padre cobraba a la semana en el cortijo. Después de la guerra, cuando el señorito volvió a sus propiedades, a mi padre le bajaron el jornal a la tercera parte de lo que estaba cobrando antes de la guerra. Yo ya estaba en Francia.

Fui el primero de mi familia en leer un libro, y por eso cuando me reclutaron para la organización, me pusieron Miguel de nombre en clave. Por el poeta, ya lo sabes. Aquí, en este triste lugar en el que me han dejado mis hijos, me llaman don, pero me tratan como si ya estuviera muerto. Lo llaman residencia pero a mí no me engañan. Esto es un asilo, un sitio en el que encierren a los viejos para que no molesten, para que pasen sus últimos días de la manera más inútil posible. Se lo digo a mis hijos, pero ellos no me escuchan. Estoy prisionero. Durante muchos años me sentí afortunado por no haber muerto como muchos otros lo hicieron. Pero hay días que envidio a los que ya no están; ellos al menos se ahorran este trance de morir por nada. Sácame de aquí querida Dolores.

—Hay que ir a por él —exclamó Cosme—. Hay que sacarlo de allí.

—¿Sacarlo?, ¿cómo?; no podemos llevárnoslo sin permiso de su familia —afirmó Salvador.

Cosme conocía de antemano la respuesta de Dolores.

—De eso os encargareis vosotros.

***

Durante los días que los tres ancianos pasaron juntos se atrevieron por fin a hablar de los viejos amores. Fue Salvador el que aprovechando una breve ausencia de Cosme abordó a Dolores. Ella lo miró con gesto cariñoso.

—Voy a darte una mala noticia —dijo él después de un breve titubeo—. Me enamoré de ti hace más de medio siglo. Y creo que sigo en el mismo estado.

—¡Que dices bobo! —exclamó ella—. Eso no es una mala noticia, eso es una pequeña mentira, zalamero… ¿qué quieres de mí con ochenta años?

—Lo quiero todo. Te quiero a ti. Por favor —continuó él—. Es verdad. Y si digo que es una mala noticia es porque yo no he querido que pasara. Si ahora mismo me dices que me correspondes nos vamos los dos solos, dónde tú me digas.

—Sabes que no puede ser —contestó ella intentando calmarlo—. No podemos dejar a Cosme solo, ni a Lucas... no nos lo perdonaríamos.

—¡A la mierda con Cosme y con Lucas y con todos!

Ella le acarició la cara, lo besó en la mejilla, le tocó la nuca y lo abrazó. Estuvieron soltando lágrimas hasta que volvió Cosme de la tienda.

—¡Eh! No empecéis nada sin mí.

No hay sexo a los ochenta. Ni fisiológica ni físicamente resulta posible. No hay hormonas, ni erección, ni flujo. Pero lo que se ha sentido y lo que se ha deseado tiene espacio propio, y permanece en el entendimiento.

Año 1939

Por muy lejano que pareciera el conflicto, en el otoño de 1939 Francia era un país en guerra. Pero hombres y mujeres se casaban, y nacían niños, y se cumplían los ciclos de la vida y de la muerte con cierta naturalidad. En ese tiempo, la biología aun causaba más muertes entre los franceses que el fuego enemigo.

Estelle estaba frente al espejo, y él a escasa distancia. Vidal tenía los ojos puestos en sus movimientos. Ella se vestía y maquillaba después para salir; para ir a cenar sin él. Esa noche, Estelle y media docena de amigas se reunían para celebrar el matrimonio de la más joven de ellas. Tenían previsto cenar en casa de la novia disfrutando de exquisiteces y del champán, convenientemente acaparado durante los días inmediatos a la declaración de guerra. Estelle se había bañado con espuma que olía a rosas. Consciente de lo que hacía, gritó a Vidal para que entrara en el cuarto de baño. Él acudió de inmediato, con gesto nervioso. La encontró frotándose la cara, con los ojos cerrados.

—No te quedes ahí. Acércame una toalla antes de que me quede ciega.

Él tardó demasiado en darle en mano el blanco paño, que ella había dejado junto a la bañera de patas de hierro forjado. Vidal miraba con deleite las rodillas y parte de los muslos que sobresalían del agua y los pequeños pechos con los pezones marrones, que contrastaban con el color de la espuma que los envolvía. No hay nada en la naturaleza que pueda deleitar tanto a un hombre como ver el cuerpo desnudo de la mujer amada. Para Vidal era mucho más que deseo sexual; era el placer de contemplar lo que consideraba belleza absoluta.

—¿Nunca has visto una mujer desnuda? —Dijo ella con tono pícaro, mientras se secaba el rostro.

—Sí —acertó él a decir—, pero no tan bonita.

—Seguro que eso se lo dices a todas.

Vidal, incapaz de comprender la ironía, intentó turbado explicar sus propias palabras. Entonces ella lo miró directamente a los ojos sin vergüenza por su desnudez. Se puso en pie y extendiendo los brazos le pidió otra toalla.

—Dame la grande y procura que no se te caiga al suelo.

Estelle sonreía mostrando sus perfectos y blancos dientes, sus labios ligeramente carnosos y rosados; su cuerpo entero. Vidal le dio la mano para que saliera de la bañera y después se colocó a su espalda para secarle los hombros. Ella se cubría con la toalla por encima de las rodillas y por debajo de las axilas. Una mujer delante de un espejo, con el pelo recogido más arriba de la nuca, es una imagen muy poderosa. Un recuerdo que Vidal sabía, quedaría aferrado a su memoria más profunda.

—Enciende un cigarrillo y dame de fumar —le dijo Estelle.

Él sacó de su bolsillo una pitillera metálica que tenía grabada una estrella de cinco puntas rodeada por un círculo. Prendió un Gitanes sin filtro y se lo ofreció.

—Pónmelo en la boca que tengo las manos mojadas.

Vidal se lo acercó a los labios. En ese momento la miró de perfil, desde muy cerca.

—Eres... muy bonita. Creo que me he enamorado. Me gustaría estar contigo el resto de mi vida.

Ella expulsó el humo y le besó muy suavemente, abriendo un poco la boca y respirando con él.

—Voy a vestirme o llegaré tarde. —Delante de Vidal se puso las bragas y una camiseta interior—. Me atizaré un poco de color antes de que maquillarse sea un lujo excesivo.

Vidal observaba la perfecta curvatura de sus nalgas, la estrechez de su cintura, el volumen de sus caderas, la esbelta longitud de sus piernas, el recóndito espacio en el que terminaban.

—No sé qué medias ponerme —le interrumpió bruscamente ella—. ¿Seda japonesa o nylon americano? Son las únicas que tengo y creo que muy pronto valdrán una fortuna.

Estelle optó por probarse los dos pares a la vista de él, sentada en un taburete de madera. Así transcurrieron muchos minutos, cada vez más atrevidos. Ella lo besaba de vez en cuando, y él la acariciaba.

—Esas manos son muy hábiles —susurró Estelle.

—He tenido que entrenarlas. Los chicos poco agraciados no podemos perder ninguna oportunidad.

—Pues nunca —contestó ella— me había gustado tanto un chico poco agraciado.

Vidal acarició entonces la parte interior de los muslos de Estelle. De abajo hacia arriba, hasta llegar a las ingles y notar la humedad. Ella ansiaba el contacto y cerraba los ojos para sentirlo mejor.

—Esas manos…

Después de hacer el amor se abrazaron. Pusieron sus caras la una junto a la otra. Después ella continuó vistiéndose, pero sin parar de sonreír.

Finales del siglo xx

Pasquale Vitale nació en Milán el año 1918, aunque hasta 1945 no recuperó la nacionalidad que por derecho natural le correspondía. Desde 1936 era español a todos los efectos, y en el campo de exterminio nazi de Mauthausen fue registrado con el nombre de Pascual Vidal González.

El anciano había escrito su discurso en su Olivetti de siempre: la M40, fabricada en Italia en hierro lacado en negro. En el carro tenía el nombre de la marca en grafía color oro y la mayoría del teclado tenía las letras negras sobre fondo blanco.

El discurso de ese día era uno más de los muchos actos que Vidal protagonizaba. Conferencias que el anciano recomponía en función de su auditorio. En el amplio salón de un hotel de París, un hombre de apenas treinta años presentó la biografía del anciano conferenciante.

—Vidal salió de España en 1938, provisto de documentación falsa que lo identificaba como natural de Guadalajara. En 1936 había llegado a España procedente de París, donde vivía refugiado del fascismo italiano. Era un hombre sin nacionalidad que acabó siendo prisionero de un campo de exterminio nazi por su identidad de republicano español.

Lo que muy pocos sabían era la verdadera razón por la que había sido detenido por la Gestapo. Sólo media docena de personas sabían que la misión de Vidal era compartir cautiverio con Francisco Largo

Caballero. En una gran pantalla, después de oscurecer la sala, apareció el título «Guadalajara 1937». En ese instante Vidal ocupó el atril ligeramente iluminado. Fue recibido con una entusiasta ovación.

—En 1937, Guadalajara era portada en los periódicos de todo el mundo —empezó a decir con su voz grave y pausada—. Yo estaba allí.

Las imágenes mostraban toneladas de material del ejército regular italiano.

—Se calcula que la batalla de Guadalajara provocó cuatro mil muertos en el ejército franquista, y tres mil en el republicano. La batalla fue una lucha frontal, comparable a las que después se produjeron en la Guerra Mundial. Pese al desastre italiano, la intervención fascista en España fue determinante a favor de los sublevados. Más de setenta y cinco mil italianos combatieron en España. El Estado fascista entregó al ejército sublevado cañones, morteros, ametralladoras, tanques, vehículos a motor, municiones, proyectiles de artillería, aviones bombarderos, aviones de ataque, hidroaviones, cazas y aviones de reconocimiento.

En la pantalla se sucedieron fotografías del material militar italiano. A continuación pudo leerse un nuevo título: «Roma 1939». Vidal continuó su alocución.

—Derrotada la II República, el CTV partió de Cádiz el 1 de junio de 1939 a bordo de cuatro trasatlánticos. Viajaba con ellos Serrano Suñer, que en los discursos de la despedida oficial había elogiado y agradecido la ayuda italiana. En Nápoles les esperaba el rey y el conde Ciano, ministro de Asuntos Exteriores. Un destacamento español acudió a Roma para desfilar delante de Mussolini. Allí estaba también Alfonso XIII, al que dicen que se le saltaron las lágrimas —hubo un pequeño murmullo de risas—. A los legionarios italianos se les concedieron numerosos honores y recompensas. Ni Mussolini ni su yerno, el conde Ciano, supieron ver en Guadalajara el anticipo de lo que sería la participación italiana en la Segunda Guerra Mundial: el desastre de Grecia, de África y de Rusia.

A continuación se proyectó un documental español sobre el desfile de la Victoria en Madrid. Vidal guardo silenció mientras una característica voz acompañaba las imágenes en blanco y negro:

He aquí el último acontecimiento militar de la Guerra. El gran desfile militar de la victoria en Madrid. Con el Ejército del Centro, ante su Excelencia el Jefe del Estado y Generalísimo de los ejércitos nacionales. El Caudillo, acompañado del general Saliquet, atraviesa Madrid, entre las aclamaciones de una multitud, que desde la madrugada invadía las calles de la capital. Momentos después, ocupa la tribuna presidencial, situada en el centro del Paseo de la Castellana.

El general Varela procede a la imposición de la gloriosa insignia.

Comienza el gran desfile: a la cabeza del Ejército del Centro, va su general en jefe don Andrés Saliquet y sus Estados Mayores, seguidos de la escolta de caballería y enlaces motorizados.

Abren la marcha las fuerzas legionarias de infantería y motorizadas. Flechas negras, flechas verdes y azules.

La banda de los carabinieri *luce el traje de gala tradicional.*

Del apoteósico desfile de ciento veinte mil hombres, que duró cinco horas, recogemos los momentos más destacados.

Vidal se sintió cansado. Tomo asiento y secó el sudor de su frente con un pañuelo blanco. El joven que lo había presentado le acercó un vaso de agua. El anciano se lo agradeció con la mirada. La narración del locutor del régimen insistía en las glorias:

La marina nacional marcha recordándonos las gestas heroicas del mar.

El general Solchaga, general jefe del Cuerpo de Ejército de Navarra, con su Estado Mayor, marcha a la cabeza de sus hombres, vencedores en la guerra de las montañas.

El general García-Valiño, jefe del Cuerpo de Ejército del Maestrazgo.

El general Espinosa, al frente del Primer Cuerpo de Ejército.

El general Serrador, el vencedor del Alto del León, desfila al frente de las Divisiones de Guadarrama y Somosierra.

La esposa de su Excelencia, doña Carmen Polo de Franco, presencia el desfile.

Volvieron a oírse murmullos y risas ahogadas.

Los batallones alpinos ponen su nota original, con su aire deportivo y alegre en la guerra moderna.
Guirnaldas de aviones engalanan el cielo.
Pasa la caballería del general Monasterio, jinetes españoles, descendientes de las antiguas gestas que hoy escribieron páginas asombrosas.
Nuestros aparatos, vencedores en tantos combates, escriben en el aire con letras de aviones, el grito que se escapa de tantas gargantas: ¡Franco, Franco, Franco!
La Legión Cóndor; la artillería; los carros de combate; la infantería mejor del mundo; todos los servicios de la guerra; todas las armas y cuerpos gloriosamente representados.
Toda la capital de España es un rotundo y unánime homenaje a Franco, y un recuerdo a José Antonio.

La debilidad que Vidal sentía resultaba familiar. Le recordaba la que sufrió en el campo de extermino con casi cincuenta años menos.

Terminado el solemne acto, el Generalísimo recorre en coche abierto las avenidas y las plazas, recibiendo las incesantes ovaciones de la muchedumbre. El desfile de la victoria en Madrid, ha sido el reflejo de la España poderosa que nace. Momentos después, el caudillo decía a todos los españoles, cuando aún se oía el paso firme de los soldados: los laureles de la victoria no se marchitaran jamás.

Poco después, entre aplausos Vidal abandonó el acto. Estaba muy cansado.

***

Estelle Maheu nació en Dunkerque en 1918, pero vivía en Paris, en el piso que su hija tenía en el distrito XX. La suya era una existencia plácida y tranquila. Era el centro de su familia, de sus hijas y de sus nietas. Estaba sentada en la mecedora, releyendo una vieja carta que le había escrito Vidal en 1946.

Ahora sabemos que en Mauthausen murieron más de seis mil quinientos españoles, treinta y dos mil soviéticos, treinta mil polacos, casi trece mil húngaros, doce mil novecientos yugoslavos, más de ocho mil franceses, casi seis mil italianos, cuatro mil quinientos checoslovacos, tres mil setecientos griegos, mil quinientos alemanes, casi ochocientos belgas, doscientos treinta austriacos, setenta y siete holandeses, treinta y cuatro americanos, diecinueve luxemburgueses, diecisiete británicos y más de tres mil trescientos, de los que ni tan siquiera conocemos su nacionalidad. Yo pude sobrevivir, y estoy muy agradecido por ello. Pero la verdad, cada día me resulta más difícil vivir sin ti.

Mientras Estelle revolvía su pasado, Vidal salía en avión de Milán con destino Paris. Algo en el cuerpo le agotaba todas las fuerzas y todas las ganas que se necesitan para la vida diaria. Pero esta vez no se daría por vencido. Estelle padecía sus múltiples achaques con resignación, pero resistía con dignidad los años y la edad en la que los comunes se sienten ancianos. Mientras esperaba la llegada de Vidal, leyó la última carta, la que había recibido hacía escasas dos semanas.

Lo que ahora quiero es poner orden en mi vida. Quiero morirme dejando todo lo mío claro y en su sitio. Todos mis libros, todo lo que he escrito, toda mi memoria quiero que me sobreviva. Sigo guardando una caja llena de documentos. Hay que seleccionar y ordenar todo el papel que hemos escrito. Lo que tanto tiempo hemos mantenido en secreto tiene que ver la luz. Lo que hemos sido y lo que hemos hecho tiene un sentido y una justificación honesta. Hemos perseguido un mundo mejor y seguramente lo hemos conseguido.

Las dificultades para moverse; para coordinar la mente; la enfermedad; el dolor y la muerte de los coetáneos hunden el ánimo, incluso el de los más fuertes. Cumplidos tantos años, el fin de la existencia se presenta más cercano, más ineludible y real que en ninguna otra etapa de la vida.

Ese lluvioso día de finales del siglo XX, Estelle esperaba en su casa de París la llegada de Vidal. Tenía preparado un regalo y una sorpresa. El obsequio era un ejemplar auténtico de la *Gaceta de Madrid,* concretamente el que contenía la disposición de Largo Caballero del 16 de octubre de 1936, y que volvió a leer con su perfecto castellano sin acento:

—La naturaleza político-social de las fuerzas armadas que actúan en todo el territorio sometido al Gobierno legítimo de la República y el motivo mismo de la guerra civil hace necesario, a la que par que imprimir la máxima eficacia militar al Ejército en armas contra la rebelión, ejercer sobre las masas de combatientes constante influencia, a fin de que en ningún instante se pierda la noción de cuál es el espíritu que debe animar a la totalidad de los combatientes en la causa a favor de la libertad.

Estelle se había bañado, perfumado, vestido de manera coqueta y estaba ansiosa por volver a verlo.

A Vidal lo habían nombrado comisario político del ejército republicano en noviembre de 1936. La suya era una unidad formada en su mayoría por socialistas italianos, algunos sindicalistas españoles y unos pocos militares profesionales. En diciembre de 1936 recibió una orden del mando para acudir al despacho de Largo Caballero. Allí se encontró otros seis comisarios políticos. A los siete convocados, el jefe de Gobierno les encomendó una tarea secreta. Vidal era el único extranjero. El sindicalista que ocupaba el Ministerio de la Guerra fue claro y directo. La organización no existiría oficialmente.

Nada más pisar el aeropuerto parisino, Vidal llamó por teléfono a Cosme.

—¿Qué te cuentas italiano? —le preguntó éste en tono amigable.

—Bueno. Ya estoy aquí.

—Estupendo. ¿Y de lo tuyo?

—Las noticias no son demasiado buenas. Un señor con bata blanca dice que me estoy muriendo, que me queda aproximadamente un año.

—Poca novedad es esa. Morir, moriremos todos. ¿Pensabas ser inmortal? —le dijo Cosme fingiendo indiferencia—. Escúchame: dile a Estelle lo que estamos pensando... bueno, explícaselo tú. Ya sabes.

—De acuerdo, pero lo que tengamos que hacer que sea rápido —dijo Vidal antes de cortar la comunicación.

***

Siempre es especial el reencuentro de dos personas que durante un tiempo fueron mucho más que compañeros, y más que amigos. El año de 1940 estaba muy presente en la memoria de ambos. Vidal llegó en taxi al domicilio en el que ella vivía. Se besaron y abrazaron durante muchos minutos, y se sentaron a la mesa para poder mirarse bien, para hablar despacio y para cogerse de las manos. Él no refería en ningún momento su enfermedad.

—¿Qué sabes de los demás? —preguntó ella—; ¿ya están muertos?

—Estamos todos vivos.

—Tengo una sorpresa para ti —le dijo ella con los ojos brillantes—. Una no, varias...

Una hora después, Estelle llamó a un vecino taxista por teléfono, que los llevó hasta la casa de los Campos Elíseos en la que vivieron encerrados durante la ocupación nazi. Era un piso modernista con balcón. La casa había sido el hogar de una pareja de ancianos judíos, que en el verano de 1939 se marcharon a Londres, intuyendo que Francia caería antes que Inglaterra. Pero así es el destino: murieron aplastados por el edificio en el que vivían, derrumbado por las bombas alemanas durante la batalla de Inglaterra. Los servicios de rescate sólo encontraron una montaña de ladrillos de color rojo y restos de carne humana. Los vecinos contaron que la anciana pareja eran franceses, profesores de Historia en la universidad; simpáticos, cordiales y generosos, pero nada más, porque muy pocos querían saber mucho de dos judíos.

Estelle Maheu era alumna del profesor Bloch, que poco antes de su marcha depositó en ella toda su confianza, además de las llaves de su casa en París. Estelle debía asegurarse de mantener limpia y habitable una vivienda repleta de libros, relojes y alfombras. Para ello, el señor Bloch entregó a Estelle una apreciable cantidad de francos franceses que debían servir para pagar los servicios contratados, y la guarda y custodia de 150 metros cuadrados en la calle más importante de toda Francia. Después de muchos años, Estelle había recuperado la propiedad que el testamento legítimo del matrimonio judío le había legado.

—He pensado… que podíamos vivir aquí. Tú y yo. No me gustaría volver a perder la oportunidad.

—Me han dicho que me estoy muriendo. Tengo leucemia —anunció él de repente. Ella lo miró primero con sorpresa y después compasiva, para finalmente, esbozando una sonrisa, contestar con palabras que Vidal conocía muy bien.

—Morir, moriremos todos. De lo que se trata es de cómo vivimos.

Él la besó en los labios, le acarició el pelo y la abrazó contra él. Así permanecieron un par de minutos, llorando unas veces y otras riendo.

—¿Y si volviéramos a reunirnos todos? —preguntó ella.

—De eso precisamente quería hablarte.

Durante un par de horas, Vidal y Estelle hablaron de una nueva ilusión. Estaban sentados en el único mueble que había en el piso: un cómodo sofá de piel encarado frente a la enorme cristalera sin cortinas. Vieron pasar la tarde. Ella le servía el café y la bollería que les subieron de una tienda cercana. Vidal estaba cada vez más entusiasmado. No parecía un anciano enfermo de cáncer.

**

Rescatar a Lucas era una operación sencilla, pero Salvador pretendía cargar con el arma reglamentaria del Cuerpo de Asalto de la II República: una pistola automática Astra que utilizaba su funda como culatín. Cosme lo convenció de que además de innecesaria, semejante antigualla sólo podía ocasionar problemas. Salvador aceptó a regañadientes, aunque sin que su compañero lo supiera llevaba encima la PPK.

—A los hijos se les cuida —le decía Lucas a la auxiliar de geriatría—; se les hace la comida, se les acuesta. Se está pendiente de ellos cuando están enfermos y cuando no. Se sufre muchas veces y se les educa lo mejor que se puede. Yo enseñé a mis hijos valores, y estoy satisfecho de haberlo hecho.

La auxiliar lo miraba condescendiente. Era la preferida de Lucas y seguramente por eso la única con la que hablaba. La residencia estaba desprovista de otra seguridad que no fuera la cerradura de la puerta de entrada, que se cerraba desde las doce de la noche a las siete de la mañana. Durante el resto del día, el acceso hasta la recepción era libre. Hasta las zonas comunes era relativamente fácil y sólo el paso a los dormitorios estaba medianamente controlado. Familiares y proveedores entraban y salían con la mínima intervención del conserje, que se limitaba a informar a los repartidores de donde dejar la mercancía y a requerir por megafonía al anciano por el que se preguntaba.

—Lucas Nieto, Lucas Nieto, le esperan en recepción.

Lucas acudió en cuestión de minutos, empujando con las manos las ruedas de la silla que algunos días utilizaba y otros no, seguramente por una cuestión de ánimo. Cuando Lucas reconoció a sus dos viejos amigos, la cara se le iluminó de pura alegría. Se levantó de la silla para abrazarlos y estrecharles las manos. A Salvador no paró de besarlo hasta que éste, fingidamente molesto le amenazo simulando con la mano una pistola.

—Si vuelves a besarme te levanto la tapa de los sesos. Salvador contó al recepcionista una excusa perfecta.

—Disculpe caballero, ¿podemos salir un momento a la calle con nuestro viejo amigo a comprar unos cupones?

El conserje asintió sin dar valor alguno a una excusa que resultaba innecesaria. El pequeño kiosco acristalado del vendedor de la ONCE estaba situado en la misma entrada de la residencia, porque ni tan siquiera los ancianos de más escaso futuro se resignan a su suerte. Después de emplear medio minuto en la compra de números distintos, Salvador condujo la silla en la que arrastraba a Lucas con dirección al Dodge aparcado en la misma acera.

—¿Qué haces, que haces? ¿Estás loco? ¡No pienso marcharme sin despedirme!

Salvador, contrariado, hizo ademán de golpear a Lucas.

—Escúchame vejestorio, hemos arriesgado mucho para sacarte de este campo de concentración…

—No seas ridículo. No habéis arriesgado absolutamente nada. El problema no es salir; mi problema es dónde ir. Lo único que necesito es que me llevéis con vosotros… y despedirme de alguien. Tranquilos que es de total confianza. Es una auxiliar y se llama Julia.

Cosme se sintió aliviado y devolvió la mirada a Salvador para que se tranquilizara, pero no pudo callarlo.

—¡Una mujer! ¡Está claro!... ¡viejo chocho…! Pero… ¡si es tu carcelera!

—¡No lo entiendes! —interrumpió Lucas a voz en grito—; ¡los que me han encerrado son mis hijos! Me tienen aquí para que si me pasa algo puedan enterarse. Quiero decirle que me voy a esa persona. A ella puedo contarle la verdad, decirle quien soy, o por lo menos quién he sido.

Salvador y Cosme contuvieron el gesto. Volvieron a entrar en la residencia pero se quedaron en el centro de la sala de estar. La persona de la que Lucas quería despedirse tenía 28 años. Julia era muy activa y cariñosa. A diferencia del resto del personal, suministraba sin medida la medicina que tanto necesitan los ancianos: conversación. Ella estaba ese día de servicio y se la podía ver yendo y viniendo, peinando a la centenaria Enriqueta, o llevando a don Anselmo a su habitación. Había servido los desayunos a las nueve a los ansiosos ancianos que la esperaban desde las ocho para entrar al comedor. Había repartido leche y galletas a los que no se movían de sus camas y fumado un par de cigarrillos en la parte trasera del edificio, con el enfermero de plantilla.

Cuando vio a Lucas caminar hacia ella, renqueante pero sin ayuda de ni tan siquiera un bastón, la sonrisa le desbordó la cara. Sin pensárselo se abalanzó sobre él, apretando sus nutridos pechos contra el encorvado anciano, que todo sea dicho parecía nadar de gozo entre semejante volumen.

—Oye compañera —dijo él con los ojos vidriosos.

—Qué alegría me da verlo por su pie. ¡Hoy ya me ha hecho feliz, Lucas!

—Escúchame zalamera —replicó él—, escúchame que es importante.

Ella lo apartó suavemente de su abrazo y lo miró fijamente con sus ojos marrones, muy oscuros.

—¿Pasa algo? ¿Algún problema?

—No guapa no; no es nada malo, lo único, lo que quería decirte es que me voy. Y darte esto. —Era una cuartilla doblada.

Julia tenía las pupilas más redondas y bonitas que Lucas había visto en ochenta años.

—Quiero decir que me marcho. Que me voy sin permiso ni autorización de mis hijos. Ni tan siquiera lo saben. Supongo que los llamareis cuando no acuda a comer ni me encontréis en ningún sitio.

Salvador pretendía controlar la situación permaneciendo junto a la puerta; deseando sacar el arma que llevaba en el interior de la chaqueta y acabar con la escena de una vez por todas.

—Quédate tranquila que me voy con esos dos. Son tan viejos que no corro ningún peligro.

—A lo mejor —replicó ella— no lo son tanto. La juventud no tiene edad.

Ella lo abrazó una vez más y lo beso en la mejilla varias veces. El anciano, erguido sin ayuda alguna recobró la energía que creía perdida. La suficiente para desear haber golpeado con su mano el trasero de ella. Lo que nadie pudo impedirle fue despedirse con gesto teatral.

—Lo siento preciosa, pero tengo que marcharme.

Ni tan siquiera Salvador pudo contener la risa. El día de la liberación había llegado. Julia leyó la nota que Lucas le había entregado nada más ver subir a los ancianos al viejo Dodge.

Estimada Julia: No puedo despedirme de ti como debiera.
Tengo que marcharme para no pudrirme en este asilo donde

sólo tú me ha tratado como una persona. He pedido a estos viejos compañeros que me saquen de aquí. Tengo muchos años, y debería avergonzarme reconocer ciertas cosas, pero, quiero decirte que eres muy importante para mí.

Año 1940

Joan Riu consiguió salir del campo de internamiento de Saint-Cyprien poco después de declararse el estado de guerra, en el otoño de 1939. Tuvo que alistarse, por medio franco diario, en las Compañías de Trabajo que el ejército francés destinaba a tareas de fortificación. Su compañía, la 115.ª, fue destinada al Departamento Norte, junto a la frontera belga.

A finales de la primavera de 1940 y vestido con ropa militar de la guerra del 14, Joan esperaba la imparable ofensiva alemana cortando árboles, cavando trincheras y construyendo parapetos para un batallón del ejército. Ya se oía la artillería que castigaba Lille y Roubaix cuando llegaron los soldados franceses, poco dispuestos no obstante para el combate. Se marcharon con prisas y en desorden, y sin ningún reparo para abandonar gran parte de su material. El oficial de la gendarmería al mando de la Compañía de Trabajo ordenó paralizar los trabajos para reunir a sus hombres. Le habían comunicado que los alemanes no tardarían en alcanzar la posición que estaban fortificando. El francés, que había cumplido los cincuenta, era muy apreciado por su tropa, que veía en él a un hombre autoritario, pero justo y humano. El oficial los llamó haciendo sonar su silbato. Dos centenares de trabajadores extranjeros acudieron de inmediato a la llamada, formando cuatro grupos de similar tamaño.

—Es evidente —les dijo— que esta es una misión inútil. El enemigo tomará la posición antes de una hora si nada se lo impide.

No tenemos vehículos para retirarnos y no tengo órdenes de dónde ir. Solo podemos hacer dos cosas: rendirnos o resistir. Yo lucharé hasta el final. Ustedes no son soldados, aunque sé que saben combatir. —El oficial hizo una pausa para tragar saliva—. Rompan filas.

Casi de inmediato, los hombres corrieron en busca del armamento y la munición que el ejército había abandonado: pistolas, fusiles, algunas bombas de mano y unas pocas ametralladoras. Era suficiente para que nadie quedara desarmado. En cada uno de los grupos que se organizaron de manera espontánea, uno o dos hombres asumieron el mando, ordenando dónde situar las distintas líneas y qué material destinar a cada una de ellas. En cuestión de minutos se decidió que el último punto de resistencia sería una vieja casa con forma de castillo, en la que se colocaron vigías y una de las ametralladoras. Todo sucedía ante la atónita mirada del oficial francés, que seguía en pie observando el ir y venir de los hombres, que primero se procuraban las armas y luego ocupaban su lugar en la trinchera, en un parapeto o en las ventanas de la casa. Lo que más sorprendía no obstante al francés era el gesto de felicidad que aquellos extranjeros manifestaban.

No es fácil combatir y arriesgar la vida sabiendo que la derrota es segura y puede parecer absurdo luchar en una batalla que está perdida de antemano. Poco antes de llegar los alemanes se izó en lo más alto de la posición una bandera tricolor que no era la francesa. Entre gritos de alegría se entonó un conocido estribillo:

—«El Ejército del Ebro…».

Otras voces contestaron.

—«Rumba, la rumba, la rumba la.

El oficial francés no salía de su asombro. Poco después, silenciado el coro, los vigías vieron llegar un destacamento alemán de tropas de asalto motorizadas. Conscientes de la desbandada francesa, los alemanes avanzaban confiados, olvidando las lógicas precauciones que siempre requiere la primera línea de fuego. Los Stuka y los tanques habían superado la posición y no sospechaban que una compañía de trabajadores extranjeros estuviera dispuesta a resistir y dar la batalla a la que el todopoderoso ejército francés había renunciado. Varias docenas de tiros certeros aniquilaron, aprovechando la sorpresa, a la avanzadilla alemana. El segundo grupo en llegar corrió la misma suerte y todos sus miembros fueron abatidos. Minutos después vinieron los transportes blindados y unos pocos tanques ligeros, alertados ya por radio del sorprendente inconveniente. Los alemanes preguntaban a gritos quienes eran los soldados que se les oponían, y de qué ejército era la bandera que ondeaban. Los hombres que se les oponían no paraban de cantar canciones ininteligibles, y jaleaban enloquecidos cada acierto en el tiro cómo si se tratara de una competición deportiva. Además se replegaban ordenadamente para luego poder contraatacar.

Más de seis horas tardó el imparable avance alemán en superar la posición de los españoles. El primero en morir fue el oficial francés. Después corrieron la misma suerte medio centenar de aquellos extraños soldados. El resto, heridos y sin munición, fueron hechos prisioneros. Solo unos pocos, entre ellos Joan Riu, lograron escapar hacia el oeste, llevándose eso sí, la bandera tricolor bajo la que habían luchado.

Año 1931

Vicente Coll llegó a casa con una bandera bajo el brazo, y con la cara hinchada y los huesos magullados. Su mujer gritó al verlo entrar y él la calmó abrazándola. Sus explicaciones eran un tanto absurdas. Era incomprensible, decía ella, que proclamada la República, uno de sus más destacados militantes fuera agredido por defender la integridad de los miembros y los bienes de la Iglesia.

—Explícamelo todas las veces que quieras, pero no lo entiendo.

—Los curas han cometido muchos pecados pero ninguno justifica esta violencia.

En España, la Iglesia había estado tan vinculada al poder y a la monarquía, que desde la proclamación de la República los obispos declaraban un robo la perdida de los privilegios acumulados durante siglos de confesionalidad.

En la España de 1931, de casi 23 millones de habitantes, más de ciento diez mil eran clérigos. Desde 1923 y por expresa voluntad del dictador Primo de Rivera, no podían ser criticados por estar legalmente penadas las ofensas a los sacerdotes. Pablo Iglesias había dicho que el verdadero enemigo de los socialistas no era el clero, sino el capital, aunque el clericalismo fuera un poderoso auxiliar de las clases explotadoras. El clero disfrutaba en términos generales de una calidad de vida superior a la de las clases que contribuía a explotar. La invasión napoleónica, la desamortización y la revolución de 1868 restaron propiedades a la Iglesia, pero la separación entre ésta y el Estado que aprobó la Constitución de la Primera República nunca entró en vigor.

Aunque las propiedades de la Iglesia estaban tasadas en casi quinientos millones de pesetas cuando se suprimió la dotación estatal de culto y clero, muchos parroquianos no quisieron, o no pudieron, aportar la limosna necesaria para mantener al cura. La Iglesia, que había dejado de tener representación en las Cortes como brazo eclesiástico, contaba no obstante con varios sacerdotes diputados.

Los días 11, 12 y 13 de mayo de 1931 hubo violentas manifestaciones anticlericales en Madrid, Valencia, Alicante, Murcia, Sevilla, Málaga y Cádiz. Se asaltaron, saquearon e incendiaron iglesias, monasterios y conventos. Vicente intentaba explicarse.

—Son una turba. Lo que hacen ni tan siquiera lo hacen por ateísmo, sino por desesperación, por la desesperación de no poder creer en nada.

Vicente era un hombre intelectualmente maduro; curtido políticamente y redactor de uno de los periódicos republicanos locales. Fue uno de los primeros en presentarse voluntario para ser parte y organizar una Guardia Cívica que pudiera interponerse entre asaltantes y asaltados.

A última hora de la tarde del día 12 de mayo de 1931, Vicente vigilaba frente al ayuntamiento de Valencia a un grupo no muy numeroso que gritaba «¡A los conventos, a los conventos!». El concejal Vicente Alfaro intentaba desde una ventana del ayuntamiento, aplacar los ánimos prometiendo que los edificios religiosos serían destinados a escuelas del pueblo y que por eso no debían destruirse ni quemarse bajo ningún concepto. El discurso fue largamente ovacionado, pero cuando se corrió la voz de que el convento de los Dominicos de la calle Cirilo Amorós estaba siendo desalojado, la muchedumbre cambió de parecer.

En el convento de los Carmelitas la Guardia Cívica pudo proteger la huida de los religiosos, mientras un violento grupo gritaba todo su odio. Una parte de ellos, los más incontenibles, consiguieron acceder al huerto e incendiaron las dependencias. En el palacio arzobispal la multitud logró romper la puerta y llevarse el dinero, que decían se había robado al pueblo, mientras otros se dedicaban a mutilar las imágenes. La Guardia Cívica consiguió que el arzobispo escapara por una puerta trasera. La residencia de los jesuitas de la calle Cadirers fue desalojada, el convento de la Presentación asaltado, y el convento de las Reparadoras de la calle Gobernador Viejo saqueado. A la una de la madrugada, mientras se apedreaba los cristales del seminario de la calle Trinitarios, se escuchó un disparo y un chico joven cayó muerto al suelo.

Vicente quiso guardar para siempre, perfectamente doblada, la ensangrentada bandera tricolor con la que había pretendido protegerse.

El periódico en el que Vicente trabajaba publicó días después lo escrito por Gregorio Marañón y José Ortega y Gasset:

> No hay otro pueblo que el organizado. La multitud caótica e informe no es democracia, sino carne consignada a tiranías. Quemar, pues, conventos e iglesias, no demuestra ni verdadero celo republicano, ni espíritu de avanzada, sino más bien un fetichismo primitivo o criminal, que lleva lo mismo a adorar las cosas materiales que a destruirlas.

Año 1940

Cuando en 1914 las naciones se declararon la guerra, fueron muchos los que salieron a la calle, exaltados y eufóricos, deseando participar en un enfrentamiento, que entonces parecía más deportivo que militar. Cuando en el crudo invierno la carnicería se hizo diaria, los mandos tuvieron que fusilar cientos de hombres para evitar que las escenas de confraternización navideña se repitieran a lo largo del frente. Muchos combatientes despreciaban por eso más a sus mandos que al soldado enemigo. Era una guerra entre clases dominantes, que como siempre sucede, arrastraron a las masas a matar y morir por ellos en defensa, según decían, de la patria.

En la primavera de 1940 Salvador Monzón y Vicente Coll estaban a punto de combatir en otra guerra, en una que Vicente creía continuación de la de España.

—La nuestra —decía Salvador acurrucado—, fue una manifestación de la lucha de clases, pero ésta...

Vicente se esforzaba mientras intentando ver dónde estaban posicionados los alemanes, recordando que dos años antes Chamberlain había vuelto de Berlín ondeando un papelito, satisfecho y atontado por el aplauso generalizado de los ingenuos. El primer ministro británico decía haber obtenido de Hitler el compromiso de no entrar en guerra nunca jamás. Los periódicos conservadores lo publicaron con grandes caracteres en sus portadas: «PAZ EN NUESTRO TIEMPO», y Vicente lo puso en duda en su pequeña columna semanal:

En Alemania el nazismo se ha distinguido de los partidos tradicionales de la derecha autoritaria por la utilización de las masas, por una eficaz organización interna y por la sistemática utilización de la propaganda. El nazismo ofreció un verdadero proyecto político, y una tabla de salvación para muchos aunque beneficiaba a los pocos de siempre. En las elecciones de 1932 el comunista Thaelman obtuvo cinco millones de votos, y Hitler más de trece. Un año después, los nazis rozaron la mayoría absoluta. En otoño de 1933 ya estaban instalados en el poder. En 1935 restablecieron el servicio militar, y en 1936 entraron en Renania. La respuesta de los vencedores de la Gran Guerra, se limitó a emitir notas de protesta. Ahora ya es tarde y la tragedia inevitable.

En la embarcación que en mayo de 1940 los trasladaba a la guerra, dos legionarios franceses, Salvador y Vicente, encogían la cabeza para evitar el frío de Noruega, las salpicaduras del mar y alguna bala perdida. A cinco mil kilómetros de distancia de su país, dos exiliados españoles se preparaban para desembarcar con todo su equipo. Al menos con todo el equipo que la intendencia y la logística del ejército francés era capaz de llevar al círculo polar ártico.

—La guerra es la manera violenta con la que los poderes nacionales dirimen sus conflictos de intereses.

—¿Qué sentido tiene esto Vicente? —replicó Salvador, tiritando bajo su casco Adrian francés.

—Es una cuestión de honor.

El diccionario define el honor como una cualidad moral de la persona, que obedece a los estímulos de su propia estimación.

—¿Honor? —contestó Salvador—. A Franco le dieron el año pasado la Laureada de San Fernando. Se supone que la conceden cuando la acción ha supuesto riesgo para la propia vida. En 1916 se la negaron porque no superó el juicio contradictorio. Dijo que había dirigido las operaciones estando herido, desde la camilla, pero el informe médico demostró que la herida en el bajo vientre le provocó un colapso, y por tanto era imposible que emprendiera cualquier acción.

La línea que delimita el campo del honor es extremadamente delgada. En marzo de 1937 el Gobierno republicano creó por decreto la Placa Laureada de Madrid, versión republicana de la de San

Fernando. Estaba destinada a premiar hechos heroicos o capacidades militares extraordinarias. Sólo fue concedida a Luis González Ubieta, jefe de la escuadra republicana que hundió el Baleares, y a los generales Miaja y Rojo por la defensa de Madrid y por la conquista de Teruel respectivamente.

—¿Qué hacemos aquí, Vicente? —la primera andanada de la artillería enemiga provocó la duda de Salvador.

—No hay opción. Lo único que podemos hacer es seguir luchando. Todo lo que podamos y en todos los lugares que estemos. En España nos fusilarán.

—¿Cuánto tiempo podremos aguantar? ¿Cuánto tiempo tendremos que seguir luchando?

—No lo sé. Los nazis dicen que el III Reich durará mil años. Hazte la idea —contesto Vicente socarrón. De momento procura salir vivo, que es lo importante.

La Guerra es una agresión cuyo objetivo es obtener o conservar objetos concretos, posiciones o accesos a actividades deseables. Pero también es una agresión hostil o burlona, dirigida principalmente a molestar o herir a otro grupo, que puede o no responder violentamente a la agresión sufrida. Algunos neurólogos mantienen que la explicación está en el sistema límbico. En los lóbulos frontales reside la agresividad de la conducta, mayor cuanta menor cantidad de serotonina, y mayor de testosterona. Al parecer y según los genetistas los varones que heredan un patrón de cromosoma XYY son especialmente violentos. Pero es uno de cada mil. Los animales matan para sobrevivir, y los machos de algunas especies combaten a muerte por puro instinto de procrear.

Vicente lo había escrito a finales de 1937, pero su periódico no consideró apropiado publicarlo.

Durante la Gran Guerra de 1914-1918, un capitán inglés adquirió cuatro balones para lanzarlos hacia las posiciones alemanas y motivar el avance de los cuatro pelotones que tenía bajo su mando. Ese día en el Somme el ataque aliado provocó cincuenta y siete mil muertos. Para un soldado que entra en combate uno de los temores más comunes es el de orinarse encima, delante de sus compañeros.

—¿No tienes miedo? —preguntó Salvador a Vicente.

—Por supuesto que sí. Y si alguna vez te dice alguien que entró en combate y no tuvo miedo, es que es un gran mentiroso.

En tiempo de guerra los Estados necesitan un extra de coerción. Mandar a millones de personas a enfrentarse directamente con la posibilidad de morir, o sufrir graves penalidades y dolores, requiere una organización social fuerte, estructurada, y una innegable dosis de propaganda. La guerra se presenta como la más grande y comprometida acción que puede emprender un grupo humano, cuando en realidad es la expresión más brutal de la ausencia de humanidad. La realidad de la guerra es infinitamente peor de lo que ficciona el cine. Lo más normal es recibir un balazo en el ojo, en los testículos o en el cerebro, y no en el hombro.

***

En 1940 Salvador y Vicente ya eran soldados expertos, formando parte de una unidad caracterizada por su eficacia militar. Su experiencia les aconsejó dejar que fueran otros quienes iniciaran la escalada del promontorio. Las defensas alemanas en Elvegaard estaban bien situadas y armadas. Fue un combate duro que ganaron los legionarios por arrojo. Los alemanes perdieron abundante material.

—Esto es un desastre. —Salvador y Vicente avanzaban con su pelotón hacía el promontorio—. El mejor ejército del mundo es incapaz de trasladar todo su equipo más allá de su frontera. El material pesado no lo pueden descargar por falta de grúas. Se han perdido blindados en el mar, y al final nos iremos igual que vinimos. Lo único que sacaremos será un montón de muertos y mutilados. Ya lo verás.

Salvador sufría fatiga de combate. Casi cuatro años de guerra habían agotado su ánimo. Vicente intentaba calmarlo pero de repente se quedó callado. Parecía observar en la lejanía algo que indicaba peligro de muerte. Por eso bajo la cabeza, intentando ser invisible para la posición alemana.

—París no tardará en ver desfilar a los nazis —dijo Salvador en voz baja.

—Estamos aquí para luchar contra el fascismo —le repetía Vicente a Salvador. Y entonces el silbato del oficial ordenó salir de cubierto para seguir avanzando—. ¡Vamos! —acertó a gritar Vicente un instante antes de que una ráfaga de ametralladora le acertara de lleno.

A mediados de 1937 Vicente ya sabía que la derrota de la República era inevitable. Su única esperanza, como la de muchos otros, era la internacionalización del conflicto. Pero hasta la invasión alemana de Polonia, seis meses después de la victoria franquista, Francia e Inglaterra no declararon la guerra a Hitler. En España, Vicente Coll recibió la medalla de Sufrimientos por la Patria, con un aspa por herida de guerra. Pero en Noruega perdió la vida en el asalto al campo atrincherado de Elvegaard. Era una mañana de la primavera de 1940.

El trabajo de los sanitarios de primera línea de fuego se limita muchas veces a procurar una muerte menos amarga. Al combatiente del ejército francés de 1940 se le ofrecía el privilegio de las píldoras de opio. Era mucho para un tiempo en el que el dolor físico estaba instalado en la vida cotidiana, y la sífilis, la blenorragia, la tuberculosis, las gripes malignas y las diferentes fiebres causaban estragos en la población. Las guerras de la primera mitad del siglo pasado no hubieran sido lo mismo, si los combatientes no hubieran estado tan familiarizados con el dolor.

Unos minutos después de ver morir a Vicente, Salvador consiguió llegar a una de las barracas del campamento alemán. Derribó de un culatazo una puerta, y apretando los dientes clavó la bayoneta en la tripa de un alemán al que se le había atascado la ametralladora. Se ensañó hasta que su sargento lo conminó a seguir avanzando. Fue la última vez que Salvador mató un hombre. No tardó mucho, tal y como él mismo había previsto, en abandonar Noruega. Allí se quedó Vicente Coll.

```
DOCUMENTO N.º 2
Informe Tokarev
Posición Noruega
30 de abril de 1940
Campaña aliada
Para Creador
```

EL DESFILE

En la Legión Extranjera francesa hay varios centenares de españoles. Obispo y el que suscribe llega-
mos a Marsella el 12 de febrero. Nos dotaron de equipo
nórdico. Se ha entrenado con el equipo de nieve. Se ha
suministrado el nuevo fusil modelo 1936.
(...)

Incompleto.

FINALES DEL SIGLO XX

Salvador estaba sentado en la mesa junto a la ventana, limpiando y engrasando dos pistolas aparentemente idénticas. Una era la original Astra 400, la fiable y resistente semiautomática declarada reglamentaria en el ejército español en 1921; la otra una réplica fabricada en Alginet: una de las quince mil con las que la II República pretendió cubrir sus necesidades de armamento. La valenciana estaba marcada con el logo «RE» en el cañón y en las cachas, y era del calibre 9 mm largo.

Salvador creía, mucho antes de que el propio Churchill lo manifestara, que «la debilidad de los virtuosos contribuye al fortalecimiento de los malvados». Dolores cocinaba y hablaba al mismo tiempo:

—Cuando se tiene poco parece que se disfruta más. Una botella de vino, un vestido nuevo, aunque sea de otra persona, es una alegría. Aquellos años fueron muy duros. Vosotros os fuisteis y yo no tenía fuerzas para soportarlo. La verdad es que a punto estuve de hacer una barbaridad. Después me casé, cuidé de mi madre y de mi abuela, y crie a mi hija. Así pasaron más de treinta años. No quiero perder los pocos que me quedan de vida.

Salvador la escuchaba sin levantar la vista de su tarea.

—De todas maneras no me puedo quejar. Hubo muchos que pasaron hambre. Mi familia tenía corral y podíamos criar gallinas, pollos, conejos, un cerdo, y a veces un cordero. Teníamos huevos y se aprovechaba todo. Los vecinos labradores nos daban la fruta y la verdura. Mi hermana se puso de criada en casa rica, y además de unas pocas pesetas le daban ropa, zapatos usados y algunas veces un poco de azúcar sin refinar. Yo trabajaba en la fábrica donde conocí a mi marido. Nunca estuve enamorada de él, pero lo quise y lo respeté hasta que me dejo viuda.

Lucas, sentado en la mecedora esforzaba la vista leyendo *El arte de la guerra,* de Sun Tzu.

—Es verdad —dijo de repente—, un buen espía vale lo que cien mil soldados.

Antes de que nadie comprendiera lo que decía contó su experiencia.

—Después de la victoria en Europa me licenciaron por heridas de guerra. Me ofrecieron continuar de sargento, pero decidí curarme y descansar. Llevaba casi diez años de guerra. En el hospital conocí a la que muy sería mi mujer. Antes de casarme conseguí un empleo en la Peugeot; primero de simple mecánico, y con el tiempo, de jefe de taller. Trabajaba mucho y por la noche estudiaba ingeniería mecánica. No he dejado de hacerlo desde entonces quizás por el trauma de mi niñez analfabeta.

***

El primer coche que Lucas compró en Francia fue un «bizco»: un Peugeot 202 de los fabricados antes de la guerra. En 1950 adquirió a plazos un 203, un sedán de 4 puertas y 1,3 litros de cilindrada, tracción trasera y atrevida línea tipo americana. En 1961 Lucas lo sustituyó por un 404, y en 1971 pudo comprar al contado un 504.

—Mi mujer trabajaba de enfermera. Hemos tenido cuatro hijos y cambiado dos veces de casa. A mi familia le dediqué todo mi esfuerzo. Lo hice de la manera que me enseñaron mis padres: trabajando duro, ganando todo el dinero posible para darles lo que yo no había tenido: casa, comodidades, educación y diversión. Pero al final los hijos se convierten en personas con vida propia y su padre no es más que un familiar cercano. A veces un estorbo.

Cosme Casanova escribía mientras tanto varias cartas para

resolver un encargo pendiente: la compra de un viejo Lockheed Constellation en desuso. Un avión de cuatro motores, fuselaje elegante y triple cola; una de las máquinas más hermosas jamás construidas que un millonario de Zurich quería exhibir en el amplio patio de su residencia. Además de comprarlo había que empaquetarlo para poder trasladarlo hasta Suiza.

***

En Bélgica, Ignacio disfrutaba del tibio sol sentado en la terraza de una cafetería frente al mar de Oostende. Fumaba un cigarrillo tras otro compulsivamente, sabedor de que su cáncer labial muy pronto le prohibiría seguir haciéndolo. En una pequeña libreta escribía sus pensamientos:

Siendo niño confesé al cura mis dudas sobre el desigual reparto que Dios concedía a sus hijos. Él me contestó que eso era envidia, un pecado capital que arrastra otros pecados, un mal camino para un católico. Por eso dejé de creer en la Iglesia y seguí dudando de Dios. Cuando mi madre estaba enferma yo rezaba para que los pobres tuviéramos médico aunque no pudiéramos pagarlo. Yo rezaba cada vez que mi padre se quedaba sin jornales. Rezaba para que pudiéramos vivir dignamente sin tener que humillarnos. «Un hombre sin dinero en el bolsillo no es un hombre» decía mi padre con el gesto bajo, sintiéndose fracasado por no poder mantener a su familia. Pasó la vida sufriendo y no le recuerdo ningún momento de felicidad. Es terrible. A nadie le deseo una vida como la que tuvo mi padre.

En la casa de Oostende, Ignacio había recuperado su espacio propio: casi trescientos metros, además de un jardín amplio y frondoso, con una fuente de piedra redonda en el centro y cuatro grandes árboles en un extremo. La hierba crecía por encima de las rodillas.

***

En Paris, en un aula de un centro cultural de barrio, Estelle Maheu explicaba a sus alumnas, todas de su edad, el tema del día.

—En la primera mitad del siglo xx se creía que las ideas eran más importantes que las personas. Estábamos convencidos de que nos debíamos a la causa a la que entregábamos la vida. No hubiéramos dudado en sacrificarnos, en morir.

Estelle pensaba en Vidal, que cuando la Gestapo detuvo a Largo Caballero se dejó apresar convencido de que sería deportado al mismo campo. Pero no fue así. A Largo Caballero lo llevaron a Oranienburg y a Vidal a Mauthausen.

Estelle se casó a finales de 1944 con un compañero de la Resistencia, creyendo que Vidal había muerto. Y Vidal se casó en Italia cuando supo que Estelle era la esposa de otro hombre. Ambos fueron felices viviendo separados, aunque no tanto como lo hubieran sido estando juntos. Esa fue su derrota durante muchos años; demasiados para lo corta que es la vida. Pero su tiempo no había terminado.

Cuando se han cumplido los ochenta la mayoría de los amigos están muertos, y seguramente por eso el final de la vida se asume con desgana.

***

Cosme, Salvador, Lucas y Dolores subieron al avión que en un par de horas los llevó a Bruselas. En el aeropuerto belga contrataron un taxi que hora y media después los dejaba en la casa en la que los esperaba Ignacio que, renqueante pero presuroso, los recibió con los brazos abiertos y una enorme sonrisa.

—¡Cuanto me alegra volver a ver vuestras viejas caras!

—Tú tampoco estás hecho un chaval, meona —replicó Salvador frunciendo el ceño.

Ignacio abrazó efusivamente a Dolores, y ella le correspondió. En la casa de Bélgica apenas pasaron unos días. En cuanto llegaron Estelle y Vidal procedentes de Paris, los siete ancianos salieron para Argelès sur Mer, en el Departamento francés de los Pirineos Orientales. Todos iban provistos de una pequeña bolsa de equipaje, con poca ropa y mucha medicina. Todos no obstante por su propio pie, unos más ligeros y otros menos, pero sin que ninguno necesitara bastones ni muletas. En el hotel frente al mar, Dolores y Estelle ocuparon una de las habitaciones dobles; Salvador y Cosme otra; y Vidal, Ignacio y Lucas pidieron una triple. Se asearon y cambiaron antes de bajar a una pequeña sala de reuniones que habían reservado. Estaban entusiasmados. La excitación era grande y los recuerdos compartidos desbordaban sus dentaduras y a veces sus propios cerebros. Salvador estaba eufórico y no podía dejar de hablar.

—A las dos horas de estar en Francia me cogieron los gendarmes. Y me llevaron directamente al campo de internamiento que tenían en la playa. Eso fue en abril. Lo peor ya había pasado: en marzo había peleas por un trozo de pan. El hambre desapareció con la primavera, pero la sarna y los piojos no.

En el campo de internamiento de Argelès-sur-Mer, como en todos los otros que dispusieron los franceses para los refugiados españoles, se implantó una rigurosa disciplina militar, incluyendo un severo régimen de castigos en el castillo de Collioure.

—Algunos antiguos oficiales del ejército republicano hacían de enlace con la autoridad francesa. Si no es por uno que llamábamos… no me acuerdo, un antiguo capitán, gallego… si no es por él, me meten un mes en el castillo. El gallego tenía mano con los franceses. Los guardias le suministraban gran parte de la mercancía del barrio chino. Había de todo: partidas de cartas, talleres para trabajar la madera, encuentros culturales y congresos políticos expresamente prohibidos por los franceses. Teníamos de todo, pero sólo había cinco maneras de salir de los campos de internamiento: volver a España, trasladarse a otro campo, ser contratado para trabajar en el exterior, alistarse en el ejército francés, o morirse.

—El puerto no existía, y la zona turística tampoco —apuntó Estelle mirando lejos.

Después de comer, revitalizados por una taza de café aguado salpicada de coñac, los viejos amigos bajaron a la cercana playa. Se quitaron los calcetines para pisar la arena y alquilaron hamacas, que en posición erguida colocaron en círculo.

Fueron más de medio millón los españoles exiliados después de la guerra, la mayoría cruzando los Pirineos. Para muchos franceses eran una turba indeseable de rojos. Entre unas cosas y otras, más de doscientos mil volvieron. Pero muchos otros fueron acogidos y honrados todo lo que merecían, todo lo que sus solidarios anfitriones eran capaces.

—En Saint Verain-sous-Souvigny mis tíos alojaron a varias familias en una casa grande —apuntó Estelle—. La mayoría de la gente del pueblo era socialista. La propia Estelle Maheu, con apenas 20 años, fue responsable de una organización local de ayuda a los republicanos españoles.

Salvador continuó hablando.

—Cuando empezó la presión de los franceses para deshacerse de nosotros, unos cuantos decidimos enrolarnos en la Legión. La mayoría, unos setenta y cinco mil, lo hicieron en cambio en las Compañías de Trabajo. Yo lo hice en la Legión por culpa de Vicente. Desde que llegué al campo, medio muerto, se ocupó de mí. A la Legión fuimos pocos porque la diferencia entre nuestro ejército popular y el francés era enorme. La disciplina era brutal, pero la mayoría de nosotros demostró tanto como el que más. Al principio los oficiales franceses nos tachaban de comunistas, sin más. Yo sólo quería escapar de tanta privación, pero Vicente se lo tomó muy en serio; primero nos mandaron a los campamentos de África, y de allí pudimos salir cuando pidieron voluntarios para una misión que dijeron se desarrollaría en el polo norte.

Vidal levantó la mano para callar a Salvador.

—Haced toda la memoria que queráis, pero no estamos aquí para eso.

Volvamos al hotel y trabajemos un poco, que hay mucho que hacer.

En el breve trayecto de vuelta pararon un instante delante de una piedra plana, en la que en color rojo se habían escrito medio centenar de palabras en francés.

A la memoria de los cien mil Republicanos Españoles, internados en el campo de Argelès durante la retirada de febrero de 1939. Su desgracia: haber luchado para defender la Democracia y la República contra el fascismo en España de 1936 a 1939. Hombre libre, recuérdalo.

—¡Maldita pierna! —Dijo Cosme, lo que hubiera suscrito cualquiera de sus coetáneos—. Es un dolor extraño; va y viene y no puedo decir dónde, porque unas veces la molestia es a la altura de la rodilla, otras veces es en el muslo y a veces en el tobillo.

—Lo peor, yo lo sé por experiencia —terció Salvador—, es que unas veces resulta insoportable y otras, de repente, desaparece. A ti te pasa en una pierna pero a mí en las dos.

El deterioro de un cuerpo con más de ochenta años es inevitable. El dolor anuncia la muerte y por eso la mayoría de las personas de esa edad intentan prolongar su existencia a través de la de sus descendientes. Hijos y nietos disponen del margen del que ellos carecen. Por eso, por una derivación del instinto de supervivencia, la mayoría de los octogenarios pretenden que los que biológicamente les suceden vivan lo que ellos no se creen capaces de seguir viviendo. No era el caso de los siete octogenarios.

Año 1935

Pasquale Vitale estaba exiliado en París, alojado en una casa que compartía con colaboradores de León Blum, y del partido socialista francés SFIO (Sección Francesa de la Internacional Obrera). Tenía una habitación a su disposición y desayuno, almuerzo y cena siempre que se sentara a la mesa. Vivía rodeado de periódicos, panfletos y asambleas improvisadas, y alguna noche se emborrachaba mientras sus compañeros seguían hablando y bebiendo hasta la madrugada. Era, pese a todo y en comparación con muchos de sus compatriotas, un privilegiado. La madre de Vidal se había encargado antes de morir de procurarle la solidaridad de los socialistas franceses, y una pequeña cantidad de dinero que él gastaba con cuentagotas.

Vidal hablaba poco, prácticamente nada. Inmerso en aquella hiperactividad política se limitaba a estar, a escuchar y a molestar lo menos posible. Una tarde, un joven alemán llamado Eugen Wolf le invitó a la sesión de cine fórum de un centro obrero del extrarradio. Con un vetusto Peugeot Bebe que tenía una sola puerta en el lado izquierdo, recorrieron casi treinta kilómetros para ver la recién estrenada película de Berta Leni Riefenstahl. Sin duda una experiencia traumática para quienes conocían en carne propia lo que era el fascismo.

Veinte años después de la Primera Guerra Mundial, dieciséis años después de los padecimientos de Alemania, diecinueve meses transcurridos desde el renacimiento alemán...

Así iniciaba la narración *El triunfo de la Voluntad.* En la ciudad de Núremberg la directora alemana había filmado una brillante obra de propaganda nazi. La que había sido bailarina y actriz en 1932, había recibido un premio Venecia por *La luz azul,* y ahora colaboraba abiertamente con Hitler. Por eso había rodado la concentración nazi en el Campo Zepelín de 1933.

La sala, con capacidad para escasas cien personas doblaba su aforo. El ambiente estaba impregnado de sudor obrero y humo de cigarrillo.

La alegría incontenible de los congregados, la camaradería y el entusiasmo, dan prueba de la unidad de un pueblo que mira el futuro con desbordado optimismo.

La alocución de Hess hacía mención especial a los caídos por su causa y a los de la Gran Guerra, de cuya memoria se apropiaban sin recato. A los nazis se les había prohibido enterrar a sus héroes más notables de manera pública. Cuando Hitler alcanzó la cancillería de Alemania, los 16 militantes nazis muertos en el fracasado golpe de Estado de 1923 fueron honrados en una fastuosa ceremonia que duró tres días. En la película los jerarcas nazis voceaban, pero en la sala donde se proyectaba había un silencio absoluto. Se notaba la ansiedad y el sufrimiento que las imágenes provocaban. Lo verdaderamente terrible no era el culto que los nazis profesaban a sus muertos, sino los vivos que pensaban matar.

Aquella noche, de vuelta a casa, los dos apátridas se bebieron una botella entera de coñac casero para poder soportarlo.

FINALES DEL SIGLO XX

Fue esos días en Argelès cuando decidieron, sin decirlo, no volver a separarse. Sentados a la mesa en el comedor del hotel, Lucas explicaba a Estelle el significado de las dos monedas que tenía en su mano.

—La grande es un «perra gorda», y la pequeña una «perra chica». Se les llamó así seguramente por el león que en el reverso sostiene el escudo de España.

—Es verdad, ¡parece un perro! —exclamó Estelle.

—La grande es de diez céntimos de peseta, y la pequeña de cinco. Las dos son de bronce.

Estelle fingió interés por cortesía.

—Es la que llaman la matrona hispana. Lo curioso es que fue emitida en 1870 por el llamado Gobierno Provisional, que tras la revolución de 1868 derrocó a la reina Isabel. Y fue aquí, precisamente en Oostende, dónde la oposición firmó el pacto que les llevó al poder.

Estelle sonrió sorprendida por los caminos cruzados que recorren la historia. Salvador intervino en la conversación enseñando una pequeña moneda de oro que llevaba en su monedero.

—Es lo único que me dejó mi abuelo: un «durillo» de Carlos III...

***

Eran días fríos y lluviosos, seguramente letales para octogenarios sin deseos de seguir viviendo. El mar estaba embravecido y muy gris. Sentados a la mesa, Vidal pedía silencio sin ningún éxito.

—Dejadme hablar. Hay muchos detalles que concretar.

Con buen apetito pero comiendo despacio la conversación derivó al recuerdo del día que los restos de Largo Caballero fueron enterrados en Madrid un 9 de abril de 1979.

—Fue la última vez que nos vimos después de 1946.

—Es curioso que volvamos una y otra vez a lo pasado —justificó Cosme.

—El próximo entierro será el nuestro —apuntó Salvador. Todos le miraron aunque nadie contestó.

Vidal se levantó para servir vino. Después levantó la copa para proponer un brindis.

—¡Por el desfile que nunca tuvimos!

—¡Salud! —contestaron al unísono.

Todos bebieron y dejaron por fin hablar a Vidal.

—Esta vez actuaremos al descubierto, discretamente, pero sin necesidad de procedimiento militar. No necesitamos armas —añadió mirando directamente a Salvador—. Lo primero que tenemos que hacer es memoria, con nombre y apellidos. Hay que reunir al menos una Compañía.

—¿Una compañía para qué? —preguntó Salvador.

—¿Tienen que haber sido miembros de la red? —añadió Cosme.

—No, no —contestó Vidal—. El Directorio Principal organizamos y dirigimos la operación. Hay que reclutar a todos los viejos combatientes que quieran participar de nuestro plan. Al menos una compañía para poder tener eso que nunca tuvimos.

—¿Será legal? —dijo Dolores ansiosa por conocer detalles.

—Bueno, en principio sí —contestó Vidal—, pero es posible que tengamos que cometer algún pequeño delito.

—No te preocupes —medió Salvador—. Con la edad que tenemos no podemos ir a la cárcel.

Todos sonrieron y Vidal se tomó su tiempo. Dejó que sus contertulios hablaran entre ellos. Bebió vino y pidió de nuevo silencio.

—Lo primero que haremos será abrir un fichero; un fichero con todos los nombres que recordemos. Cada una de las personas que podamos localizar será un puente hacia otros. Y así hasta que contemos con un número suficiente.

—¿Suficiente para qué? —volvió a preguntar Dolores.

—Suficiente para paralizar una arteria de una gran ciudad; suficiente para tener unos minutos de presencia en los medios de comunicación. Suficiente para demostrar que no renunciamos.

A todos se les iluminó el rostro. Vidal repartió fichas de cartulina rayada tamaño cuartilla.

—Nombre. Edad. Movilidad. Residencia. Grado. Hoja de Servicios. Equipamiento. Valoración. —Todos se dispusieron a leerlas pero Vidal intervino utilizando el ejemplo—. La tuya por ejemplo, Dolores, tendría anotado lo siguiente: Dolores Sanmartín; octogenaria; movilidad normal; residente en Valencia; miembro del Directorio Principal; resistente interior; equipamiento civil con brazalete tricolor; su concurso resulta imprescindible.

Dolores sonrió. Sentirse centro de atención la llenó de rubor. Todos rieron.

Se levantaron de la mesa y pasaron la tarde sentados en cómodos sillones, unos dormitando y otros hablando bajito. Después de la cena volvieron a reunirse formalmente. Presidía Vidal y tomaba notas Cosme.

—Lo haremos en Barcelona —explicaba Vidal mientras el resto permanecía en silencio, escuchando con ansiedad lo que hacía tiempo deseaban saber—. Utilizaremos la Diagonal, que aunque parezca distinta, sigue estando en el mismo sitio en el que estuvimos entonces. Barcelona es una ciudad grande y conocida; eso amplifica el objetivo pero también la obligación de hacerlo bien. Vuelvo a repetir que si alguien no se siente con fuerzas, o no tiene fe en lo que nos proponemos, que lo deje: es preferible ser espectador que mal actor.

Por supuesto nadie de los presentes objetó lo más mínimo. Tenían los ojos brillantes y el esfuerzo que se les pedía era aceptado con gusto.

—Conmigo podéis contar. Conmigo y con mi dinero, el que haga falta — añadió Cosme.

—Yo dinero no tengo, pero estoy dispuesto a dejarme matar —intervino Lucas muy serio.

—Alguien más quiere justificarse —medió Vidal con cierta sorna.

¿Podemos seguir trabajando el plan?

—Muy bien, adelante, veamos tu plan —contestó Lucas, aludido por las última palabras de Vidal.

—El día ya sabéis cuál es; no hace falta explicarlo. Tenemos tiempo suficiente para prepararlo todo.

—Bien, de acuerdo, la fecha está clara. Sigue —dijo Salvador visiblemente excitado.

—Al punto de encuentro llegaremos con transporte que contrataremos previamente, para que sin margen de error todos estemos allí a las doce del mediodía. Del transporte os ocupareis vosotros dos —dijo Vidal señalando a Salvador y Lucas—. Me refiero al transporte del día de la operación, y del previo y posterior. A la gente hay que traerla desde su casa y después devolverla.

—¿Cuándo daremos la lista por definitiva? —preguntó Dolores.

—Un mes antes la daremos por concluida —contestó Vidal, que tuvo que levantar la mano para que la reunión no derivara en un parloteo de todos entre todos. Le costó un minuto callarlos—. Lo primero que hay que hacer es memoria y completar las fichas. Esa será nuestra tarea esta semana. Hay tres teléfonos en la casa, dos máquinas de escribir, papel de carta, sobres y sellos de correos. En esa guía de Barcelona hay que buscar alojamientos y preguntar disponibilidad para esas fechas. En principio reservaremos para doscientas personas. Ya ampliaremos después. Es muy importante conocer de verdad el estado de salud y la movilidad de cada cual de los que reclutemos. En función de eso planificaremos la ayuda que se pueda necesitar. Sabiendo el desplazamiento que cada cual hará, tendremos que planificar el transporte. El grado y la hoja de servicios es lo que necesitamos saber para poder ordenar la operación y disponer el equipamiento.

—¿Cuántos tipos de equipamientos habrá?; ¿llevaremos armas? —Salvador preguntaba sin ironía ninguna.

—No Salvador, armas no. No las necesitamos para esta misión.

Sólo con estar allí, y hacer lo que tenemos que hacer, el objetivo estará a nuestro alcance. Puede que tengamos que ampliar el número de equipamientos, pero en principio creo que con siete distintos será suficiente. —Esta vez Salvador no replicó.

—¿Cómo conseguiremos los equipamientos? —preguntó Dolores.

—Por supuesto lo compraremos. En las tiendas lo que haya disponible, y lo que no, lo encargaremos en talleres especializados. Catalogaremos cada equipamiento. Estelle se encargará de eso. El dinero no es problema, pero si fallamos en el equipamiento, la operación no alcanzará los objetivos previstos. Tú —dijo imperativamente Vidal refiriéndose a Salvador— ayudaras a Estelle. No hace falta que te recuerde que no necesitamos armas. ¡Ninguna!

Esta vez la referencia era más amistosa. Salvador fingió disgusto. Vidal le golpeó el hombro y siguió explicando su plan.

—Hay que organizar la acción en función de los que intervengan. Pero toda la responsabilidad será nuestra. Sólo nuestra y de nadie más. Es posible que eso suponga delatarnos; hacer pública la existencia del Directorio Secreto.

—¿Estás seguro? —preguntó Cosme.

—Tengo presente la promesa que hicimos. Pero ahora eso es parte de la historia.

Era inquietante. Durante más de medio siglo la organización secreta había sobrevivido sin que nadie que no fuera miembro del Directorio, conociera la identidad de su primer organizador. De la reunión mantenida en diciembre de 1936 existía una sola constancia documental: una cuartilla mecanografiada en la que Largo Caballero y siete comisarios políticos de su ejército, firmaban por su honor no divulgar ni la existencia, ni la función del Directorio Secreto. Vidal mostró a todos el viejo documento. Lo conocían de memoria. Cosme intervino para evitar la algarabía.

—Tendremos que dar fe de nuestra existencia; si no lo hacemos nadie sabrá nunca lo que hemos hecho. El Ministro de la Guerra no puede revocar la orden porque está muerto. Seamos claros: nosotros no tardaremos mucho en estarlo, y entonces no habrá grupo. No habrá nada. Así que pasemos a otra cosa.

—Siempre se ha dicho lo contrario —medió Lucas cambiando de tema—, pero nuestro ejército siempre estuvo mejor vestido que el enemigo. Teníamos la industria, la confección y el calzado.

—Es verdad —añadió Ignacio—, a muchos de nuestros muertos, que recogíamos después de la batalla, el enemigo les había quitado las botas, esas altas de cordones que tanto les gustaban a los fascistas.

—Lo que tenemos que hacer —contestó Estelle— es decidir el uniforme que cada cual quiere llevar. Yo, por supuesto, vestiré de civil. Lo único que me pondré es el brazalete con la Cruz de Lorena. Pero vosotros tendréis que recordar y documentar cómo era cada uniforme.

—Yo vestiré el de Comisario —intervino Ignacio, leyendo la reproducción de la Orden Circular de enero de 1937, que sujetaba con sus temblorosas manos—: canadiense de paño marrón con hombreras y bocamangas en ángulo; en el cuello una «C» dorada y en la bocamanga las insignias; botones de cuero; pantalón noruego de paño marrón; gorra rusa, tipo pasamontañas, con insignia; capote ruso de paño marrón con las insignias colocadas en el lado izquierdo del pecho; bota media de miliciano; correaje y bandolera.

—No te digo lo contrario, pero no creo recordar a ningún comisario cumpliendo la Orden de Largo Caballero —contestó Lucas riendo a carcajadas.

Salvador, que había permanecido en silencio, enfurruñado, intervino para exponer sus condiciones. Irrenunciables.

—Yo no pienso ir desarmado. Con todo lo que hemos peleado es del género idiota hacerlo ahora con las manos desnudas.

Antes de que Vidal interviniera haciendo valer su mando Lucas ofreció la solución perfecta.

—Creo que una cosa no quita la otra. Nuestra demostración de fuerza no tiene que ser con armas cortas. Hagámoslo a lo grande. Con tanques, con aviones…

Al principio se oyeron risas, pero Lucas consiguió explicarse hasta cambiarles el gesto.

—¿Cuántos somos? —pregunto Lucas, incapaz de recordar el número exacto de personas que intervendrían en la operación.

—La idea original —reiteró Vidal— era una compañía; siete pelotones completos. Pero ahora mismo podríamos reclutar un batallón de por lo menos cuatro compañías.

—Bien. Hagámoslo —replico Lucas—. ¿Alguien conoce un coronel?; ¿un teniente coronel?; ¿un subcomisario general?...

Era una ironía. Todos sabían que Vidal estaría al mando: de una compañía o de un batallón, su grado militar se lo permitía. En la guerra de España la insignia de su bocamanga era una estrella roja, de cinco puntas, de treinta milímetros de diámetro encerrada en un círculo, también rojo, de tres milímetros de espesor; que debajo tenía dos cordoncillos dorados de 35 milímetros de longitud y cuatro de ancho, que indicaban su grado: Subcomisario General. El italiano continuó hablando.

—Si optamos por un batallón habrá que multiplicar la organización, los recursos y el dinero que necesitamos. Los internacionales pueden organizar una compañía entera.

—Muy bien. Hagámoslo —volvió a decir Lucas— ¿Qué más?

—Otra compañía entera de civiles: políticos y resistentes. Y una de prisioneros.

—Perfecto.

—Y otra compañía de militares, dividida en secciones o incluso pelotones según su función.

—¿Esa tercera compañía la tienes clara? —preguntó Dolores.

—Sí, por supuesto. Un pelotón de la Legión Francesa, un par de la Segunda Blindada y otro par del Ejército Popular, con sus variantes.

—Tenemos la dotación decidida para cada grupo —intervino Estelle—. Los civiles y los resistentes utilizaran ropas civiles y brazaletes. Los prisioneros su traje correspondiente. La compañía de internacionales, la Legión, la Segunda Blindada y el Ejército Popular tendrán cada cual la suya. Son cinco confecciones y dotaciones distintas.

—¿Y nosotros? —la intervención de Ignacio tardó unos segundos en ser contestada.

—Yo no llevaré la propia de mi mando. —Nadie comentó la respuesta de Vidal, que cambió rápido de tema—. Para el alojamiento harán falta aproximadamente trescientas habitaciones dobles, y trescientos transportes de ida y vuelta desde el domicilio de cada cual hasta el punto de reunión, y desde allí al punto de la operación. Después, si todo va bien, el camino inverso. El desplazamiento de los internacionales es costoso. Hay que sumar la dotación de cada cual, la manutención durante dos días y los imprevistos.

—¿Cómo vamos de tesorería? —preguntó Salvador.

—Tenemos dos opciones. La primera es buscar recursos por nuestra cuenta. Recurriendo a lo que haga falta. La segunda es aceptar la contribución de los que intervienen y alguna donación privada.

—¿Cuál es la respuesta? —volvió a insistir Salvador.

—Si Cosme no se equivoca en los cálculos, sobran recursos.

Cosme mentía. Su secreta intención era correr con todos los gastos. Esa misma mañana había telefoneado a Bruselas para comprar una colección de coches Peugeot: un 177 M1 Torpedo, de 1926; un 601 Eclipse de 1934; un 202 de 1939 y un 404 de 1968. A nadie le había interesado su disertación sobre la evolución de la forma del radiador plano, al escudo, primero cóncavo y luego convexo. El 177 era un automóvil familiar, robusto, sencillo y fiable, representativo no obstante de la tecnología propia de los llamados «felices 20». Estaba dotado de arranque eléctrico, y una curiosa disposición de los pedales, con el acelerador en forma de champiñón en el centro. El motor cubicaba 1393 centímetros entre sus cuatro cilindros en línea, que rendían casi treinta caballos de potencia. Alcanzaba una velocidad máxima de 70 kilómetros por hora. Pese a contar con un limpiaparabrisas eléctrico, la capota sólo resguardaba en caso de llovizna y en parado, porque no tenía ventanillas. Su primer propietario había desembolsado la nada despreciable cifra de 26 000 francos franceses de la época para tenerlo.

Lucas no pudo resistirse a explicar su conocimiento sobre la numismática francesa.

—El régimen de Pétain se permitió sustituir el viejo lema republicano de las monedas francesas, *Liberté, Égalité, Fraternité,* por *Travail, Famille, Patrie.* Algo increíble para la historia de Francia.

El día siguiente retomaron la conversación. Un sol, tibio y débil, entraba por las ventanas de las habitaciones. Con las venecianas abiertas y las cortinas subidas, cada cual aprovechaba la escasa luz del invierno para disfrutar de sus pequeñas ilusiones. Salvador estaba sentado con un paño aceitoso sobre las rodillas. Se dedicaba con esmero a desmontar y engrasar sus pistolas. Lo hubiera podido hacer con los ojos cerrados. Lucas estaba a su lado maravillado por tanta habilidad.

—Tenemos que hablar del armamento pesado —le recordó Salvador.

—Déjame que te lo explique —contestó Lucas—. Hace unos meses hablé con el hijo de Paco, un viejo camarada de mi red, y me dijo que su padre había fallecido.

—Lo extraño es que quede alguien vivo —interrumpió Salvador.

—Estuve casi una hora al teléfono —continuó diciendo Lucas—. Vive en Tarragona y hace unos años compró en Nueva Zelanda un I-16 reconstruido en Rusia. Se gastó mucho dinero para darle gusto a su padre, que había pilotado uno. Pero Paco murió unos meses después y no pudo verlo volar. Su hijo, José Ramón, me contó que lo tenía listo para volar. Tal vez quiera pilotarlo por el cielo de Barcelona, aunque pierda la licencia.

Tiempo presente

Un centenar de personas fueron parte de la organización que fue capaz de sobrevivir a la caída en desgracia de quien la había creado, y que solo acordó disolverse fallecido éste. El llamado Directorio Secreto de Información operó durante la guerra de España y en la guerra mundial. Fue la primera en informar a Largo Caballero de las intenciones comunistas que acabaron provocando su dimisión, y la única que puso en duda la desaparición del antiestalinista Andreu Nin. Hasta la victoria franquista, documentó las maniobras soviéticas para controlar el ejército de la República. Cuando Largo Caballero fue detenido en febrero de 1943 por la Gestapo, siguió operando como agencia de información independiente, al servicio de quien retribuyera de una u otra manera su trabajo: el MI6 británico y la OSS estadounidense fueron clientes habituales. Colaboró con los ingleses en la Operación Mincemeat, que en mayo de 1943 engañó a los alemanes sobre el verdadero punto de invasión aliada en el Mediterráneo. Prestó también sus servicios en la Operación Fortitude, contratados por un mando norteamericano del Comando Supremo de las Fuerzas Expedicionarias Aliadas. En abril de 1944 informó a los norteamericanos de lo sucedido en el incendio de Canfranc, punto de salida del oro que los nazis blanqueaban gracias a Franco.

La estructura del Directorio Secreto fue sencilla y extremadamente discreta. Cada uno de los siete convocados por Largo

Caballero debía configurar su propia red con personas de su entera confianza, que no podían conocerse ni relacionarse entre ellas. El mismo planteamiento se repetía piramidalmente en cada una de las redes de los reclutados, fuera cual fuera la ramificación en la que se encuadraban. En 10 años de servicio no se produjo ni una sola traición; no hubo delaciones ni abandonos, y ni una sola orden fue desobedecida. Algunos de los integrantes del Directorio Secreto sufrieron experiencias extremas, pero en ningún caso renunciaron ni a su secreta pertenencia ni a su función. Los aliados supieron por sus informes de la existencia de los campos de exterminio nazi antes de que tropas blindadas liberaran el de Ohrdruf, el primero en ser oficialmente descubierto por los vencedores de la guerra mundial.

Francisco Largo Caballero abandonó España a finales de enero de 1939. Se estableció con su familia en París en condición de refugiado, subsistiendo gracias a la ayuda de la Federación Sindical Internacional y de algunos amigos y colaboradores de los que nunca se supo su nombre. En un pequeño libro de cuentas se anotaron con su fecha diferentes partidas de francos franceses, entregados al identificado con las letras «FLC». Cantidades modestas que el Directorio Secreto hizo llegar primero a París, y después hasta su detención por los nazis en 1943, al confinamiento al que las autoridades colaboracionistas de Pétain recluyeron a Largo Caballero.

De la prisión de la Gestapo en Paris, Largo Caballero fue deportado a finales de julio de 1943 al campo de Sachsenhausen, en el que ingresó con el número de matrícula 69.040, y del que fue liberado por tropas soviéticas el 22 de abril de 1945. El creador del Directorio Secreto murió el 23 de marzo de 1946 en París, aquejado de un cólico nefrítico, después de que se le amputara una pierna y se le extirpara un riñón. Fue solemnemente enterrado frente a los mártires de La Comuna en un acto multitudinario. Ese mismo día se disolvió formalmente la organización.

Treinta y dos años después de su muerte, los restos de Largo Caballero fueron trasladados a Madrid y enterrados en el cementerio civil junto a su esposa Concepción Calvo, fallecida muchos años antes. Exhumados de su ilustre ubicación el 29 de marzo de 1978, llegaron a Madrid el 6 de abril. Fueron expuestos en la sede de la UGT durante tres días. Daniel Mayer, presidente de la Liga de Derechos del Hombre que había despedido el cadáver en 1946, fue invitado especial de un acto multitudinario pero silencioso.

Año 1937

Vidal explicaba a un grupo de soldados españoles de primera línea la historia reciente de Italia.

—En 1919 los fascistas ya habían cometido varios atentados. No tenían ningún diputado en el parlamento pero querían demostrar a las clases acomodadas que eran su única salvaguarda. El movimiento obrero fracasaba en su estrategia de ocupación de fábricas, y el partido socialista se dividió. Los fascistas se organizaron militarmente y en las elecciones de 1921 obtuvieron 35 diputados. La huelga general de 1922 fue el último intento de resistencia y fracasó. Después de la marcha sobre Roma, el rey de Italia encargó el gobierno a Mussolini. Las elecciones de 1924 confirmaron todos los miedos: el diputado socialista Giacomo Matteoti, amigo de mi madre, y que había denunciado las intimidaciones y las irregularidades del proceso electoral, fue secuestrado y asesinado. En 1925 se prohibieron los partidos y se instauró un estado policial. Un año después, mi madre y yo escapamos a Francia.

En 1937 Vidal se enfrentaba directamente con el fascismo. Nunca había visto tan de cerca la guerra y sus consecuencias. La ofensiva enemiga se había iniciado el día 8 de marzo. Los franquistas pretendían cercar Madrid por Guadalajara. Moscardó atacó por el oeste, y las tropas enviadas por Mussolini, el Corpo Truppe Volontarie, por el este. Los fascistas italianos disponían de al menos cuatro divisiones, que sumaban en total treinta y cinco mil hombres.

Un pelotón republicano interrumpió la explicación de Vidal para entregarle en su improvisado despacho de comisario un grupo de prisioneros italianos, cargados aún con sus fusiles Mannlicher-Cercano de 6,5 mm y seis disparos.

—Esos mosquetones no valen para nada —les dijo Vidal—. Se les recalienta el cañón y se les agarrota el cierre.

Los soldados eran «flechas negras». En la manga llevaban bordado un emblema que decía «Agredir para Vencer. Brigada Mixta Flechas Negras». En el registro se les incauto algunos paquetes de tabaco, obsequio de la Falange, y varios décimos por valor de una peseta cada uno de lotería de Granada. Vidal les habló en italiano intentando calmarlos. Uno de ellos pretendió excusarse.

—Yo en Italia ganaba cinco liras por día de trabajo. Y por venir a España daban veinte.

Los soldados italianos que Mussolini mandó a España eran los mejor vestidos de la guerra. Llevaban un corte de moda muy moderno, aunque más apropiado para Abisinia que para los fríos de Guadalajara. Vidal se arropaba con un tabardo del ejército, y se cubría la cabeza con un pasamontañas de tela de manta. Los italianos temblaban, quizás más por frío que por miedo. En el exterior soplaba un viento gélido. Las ventanas sin cortinas del despacho de Vidal dejaban ver la destrucción causada por la artillería. Podían oírse además la campana de las ambulancias que iban y venían, y verse los grupos de soldados que marchaban hacia la primera línea de fuego, parloteando y saludando con el puño cerrado. Había también otros prisioneros recluidos en un cercado, a la intemperie, que golpeaban con los pies el suelo ateridos de frío. Vidal se dio cuenta al mirar por la ventana.

—Traedme también a esos desgraciados —ordenó Vidal a un sargento—, y dadles una ración de estofado y un trago de vino. A dieciocho grados bajo cero la ropa parece de papel.

Otro comisario, aunque de inferior graduación, contó a Vidal la hazaña.

—Fuimos hasta aquí —dijo señalando la posición en un mapa—, buscando un punto desde el que ver al enemigo. De repente escuchamos el petardeo de las Guzzi, y enseguida vimos que a cincuenta metros venían también las tanquetas. Tardamos un segundo en preparar las ametralladoras; ¡como si fuéramos soldados de toda la vida!

Las dos ametralladoras que refería el comisario era Maksim, modelo 1910, de 7,62 mm. Y funcionaban perfectamente.

—Con la primera ráfaga abatimos dos motociclistas, y uno de sus carros, que enfilaba de frente nuestras posiciones, giró en redondo cuando le estalló la bomba de mano que le lanzamos con una honda. El resto de los blindados dieron la vuelta. Seguimos disparando y tuvimos que contenernos para no salir del parapeto y perseguirlos, que era lo que ellos querían para tenernos al descubierto.

El comisario era un labriego manchego, un hombre endurecido por la vida, armado y dispuesto a combatir por la causa en la que creía. Vidal le dio una botella de vino.

—La verdad es que todo fue muy rápido. No nos dio tiempo a nada, ni tan siquiera para echar un cigarro. Estábamos en primera línea —dijo después de un abundante trago—. Cuando parecía que los fascistas retomaban el ataque vinieron nuestros tanques rusos. Nos sobrepasaron, y poco después vimos venir este grupo, todos con el arma colgada a la espalda y con los brazos en alto.

Vidal ordenó contar y anotar el número de prisioneros y el armamento intervenido. Entre los legionarios que interrogaba Vidal había de todo. El oficial declaró tener treinta y cinco años y ser miembro de la milicia. Seguramente a principios de los años veinte era un habitual de las peleas callejeras que provocaban los fascistas. Llevaba un tres cuartos, negro de tizne, abrochado hasta el cuello. Era moreno y alto y miraba con evidente desprecio. Tenía a su lado, en actitud vigilante, un hombre de edad avanzada que le era claramente hostil. El viejo soldado tenía a su lado un chico de escasos 18 años al que sin duda protegía. El imberbe llevaba en un bolsillo una carta que había escrito a su madre.

Cara mamma, in questo momento siamo sotto la pioggia.
Spero che domani tutto vada bene eche, con l'aiuto del signore,
vi possa raccontare le gesta del mio battaglione.

Uno de los prisioneros, sin parar de tiritar, repetía una y otra vez *Duce, duce, chi non saprà morir?* Otro decía que lo que había firmado en su pueblo era un documento para trabajar en África, y que no se explicaba cómo había acabado en España. La mayoría reconocieron conocer su destino, y se excusaban diciendo que eran parados con familia, y que venían a España para saldar deudas.

Vidal escribía todos sus informes sobre la batalla de Guadalajara con una estilográfica Waterman Red Ripple que tenía grabado en el clip del capuchón la fecha «14 de abril». La estilográfica se la había entregado solemnemente Largo Caballero el mismo día que el Directorio Secreto de Información se había creado.

Después de interrogar a los prisioneros y enviarlos a retaguardia, a Vidal le comunicaron que un corresponsal de guerra quería verle. Era un viejo militante anarquista que dijo llamarse Mauro Bajatierra y que escribía para el diario *CNT* de Madrid y para *Fragua Social* de Valencia. Era un personaje popular al que podía verse a menudo en primera línea repartiendo el jerez y el coñac que él llamaba «optimismo».

—¿Tienes hambre, compañero? —le preguntó Vidal al anciano—. Conozco un comedor popular en el que por peseta y media te dan judías blancas y huevos fritos hasta que digas basta. Ven mañana por la mañana y nos escapamos para comer.

Mauro Bajatierra era conocido por su insaciable apetito. Cuando escribía sus crónicas de guerra parecía estar pensando en lo que llamaba «munición de boca»: la infantería que abandonaba la trinchera era «una pieza que salía del nido»; los italianos eran por supuesto «macarronis»; las «chocolateras» eran las ametralladoras que, en su peculiar lenguaje, «mechaban la carne» de los soldados; la artillería enviaba «tomates» y «pepinos»; los aviones bombardeaban con «castañas», y a los requetés los llamaba «aceitunas rellenas» por el «pimiento» con que se cubrían la cabeza. Mauro le contó a Vidal durante esa comida, con la boca llena, lo que había sido el hambre en España.

—El hambre —decía sin parar de engullir— lo causa la injusticia y la desigualdad social, madre y abuela de todas las calamidades que le han sucedido a un mundo que pese a todo es muy rico en recursos naturales. El pueblo solo ha comido con cierta abundancia una vez al día, a la caída de la tarde, aunque al levantarse de madrugada tomara algún pobre caldo de tentempié, y luego, a pie de labor, un escaso almuerzo.

DOCUMENTO N.º 3
Informe Leonardo
Posición Guadalajara
30 de abril de 1937
Intervención italiana en España
Para Creador

La fuerza militar desplegada por la Italia fascista en Guadalajara ha dispuesto de tanques, de centenares de piezas de artillería ligera, de una compañía de guerra química y de otra de lanzallamas, de carros blindados, de cañones antiaéreos, de miles de camiones, y de más de medio centenar de aviones. Mussolini pretendía en Guadalajara una victoria, para su propia gloria, y para prestigio de sus fuerzas armadas.

Cuando se inició la ofensiva, Moscardó rompió las líneas en la carretera de Soria, y los italianos avanzaron utilizando la manera moderna de hacer la guerra: desplazándose rápido con camiones y disparando desde los carros blindados. Los tanques protegían a la infantería, que cuando llegaba al objetivo se abría en ala. Los fascistas entraron en Almadrones, después en Masegoso; en Cogolludo lo hicieron las tropas africanas y algunos carlistas.

El coronel Vicente Rojo ha asumido el mando convenientemente. Ha puesto a disposición del coronel Jurado un Cuerpo de Ejército. La División de Lister se situó en los bosques que rodean la carretera de Trijueque a Torija, y la 14.ª División de Cipriano Mera, a lo largo de la carretera Brihuega-Torija. En la retaguardia se quedó la división del coronel Lacalle. El avance faccioso continuó hasta el miércoles 10 de marzo: la División Soria de Moscardó ocupó Jadraque; los italianos hicieron lo propio con Brihuega. Al mediodía del 10 de marzo de 1937 entraron en combate los garibaldinos, por la carretera de Torija dirección Brihuega.

A pesar de la importante ayuda italiana, o quizá precisamente por ello, las relaciones entre los militares sublevados españoles y los mandos fascistas italianos, no son buenas. Mussolini quiere para España un régimen puramente fascista.

Se adjunta octavilla que traduzco del italiano:

¡Camaradas! vuestros generales os han dicho que vais a luchar contra el comunismo. ¡Mentira! Ellos se dedican a contar las mentiras mientras vosotros sois obligados a sufrir el frío en el barro de las trincheras. Mientras, ellos viven, comen, beben y duermen bien, ocultos en la retaguardia. Nosotros luchamos por nuestra independencia nacional, por el pan de nuestros hijos, por la libertad de nuestro país. Volved a vuestra casa o venir con nosotros. Seréis tratados como amigos.

***

A mediodía del día 27 de marzo de 1939, cuando el ejército fascista entraba en Madrid y ocupaba los edificios gubernamentales, Mauro Bajatierra fue de los pocos, casi el único, que ofreció resistencia. Murió en combate contra los policías que fueron a detenerle a su casa.

TIEMPO PRESENTE

En enero de 1937 Salvador Monzón ingresó, con el aval de Julián Gorkin, en el Partido Obrero de Unificación Marxista. Lo hizo obedeciendo órdenes de la organización secreta a la que pertenecía. Era su primera misión relevante y pretendía comprobar si la campaña difamatoria que el PCE había emprendido contra el POUM tenía fundamento. Pese a la falsedad de las imputaciones que pudo documentar, el POUM fue finalmente declarado ilegal ese mismo año.

El POUM era el único partido enfrentado abiertamente con el estalinismo desde antes de la guerra de España. Había firmado a principios de 1936 el pacto electoral del Frente Popular, que también había suscrito el PCE. Participó activamente contra la sublevación militar de julio, e incluso en el gobierno catalán, pero fue finalmente ilegalizado después de los sucesos de mayo de 1937 en Barcelona. Los dirigentes fueron detenidos y sus milicias disueltas. Su máximo dirigente, Andreu Nin, fue secuestrado y asesinado por agentes de Stalin, mientras el PCE calumniaba al POUM acusándolo de colaborador de la Gestapo. La resistencia de Largo Caballero a las presiones soviéticas, forzó la dimisión del Presidente del Gobierno y Ministro de la Guerra.

Salvador Monzón informó de los planes soviéticos en España y en Europa, durante casi una década, aunque Largo Caballero sólo supo de lo verdaderamente sucedido a Andreu Nin, después de ser relevado de sus cargos. A finales de 1940, Salvador transmitió sus intuiciones sobre la verdadera personalidad y objetivos del asesino de León Trotsky. A partir de 1942 pasó de cazador a presa. Después de perder dos veces la guerra de España, repitió resultado cuando la Unión Soviética fue considerada aliada, y él, sospechoso por consejo del NKVD. Permaneció recluido por los británicos en la Isla de Man, hasta la victoria aliada de 1945.

Año **1938**

En el verano de 1938, Largo Caballero ya no era ni Ministro de la Guerra, ni Jefe de Gobierno. Había caído en desgracia, pero el Directorio Secreto seguía operando a su servicio personal.

```
DOCUMENTO N.º 4
Informe Tokarev
Posición Valencia
1 de julio de 1938
Intromisión soviética
Para Creador
```

Todos los informadores, con destino activo en nuestro Ejército Popular, coinciden en afirmar que los intentos soviéticos por controlar nuestras fuerzas son más que evidentes. Se dictan órdenes arbitrarias, se practican favoritismos con los afectos al PCE. Se discrimina a quienes no pertenecen a su línea política. Los ascensos, los méritos de guerra y las propias operaciones, se gestionan atendiendo los intereses de la Internacional Comunista. El proceso es irreversible, y dado el curso de la guerra, cualquier intento en contra por nuestra parte, resultará inútil, o contraproducente.

***

Salvador y Cosme disponían de unos días de permiso en sus respectivas unidades. Ambos formaban parte del cuerpo de comisarios políticos. Y los dos coincidieron en Valencia persiguiendo un mismo objetivo, secretamente deseado. Dolores recibió con escasas horas de diferencia sus llamadas telefónicas. A los dos les dio la misma hora de cita.

En el verano de 1938 la derrota republicana era previsible. La duda era cuanto resistiría el gobierno la imparable ofensiva franquista. Los más optimistas aseguraban que antes o después estallaría el conflicto en Europa. En cualquier caso el final del sueño se sentía cercano.

El primero en llegar fue Cosme, que se presentó en los locales del sindicato a bordo de una moto con sidecar. Se abrazó a Dolores, que esperaba en la calle, y se mostró contrariado cuando supo de la inminente llegada de Salvador. Dolores le propuso una pequeña aventura: los tres juntos; una excursión a la costa norte de Alicante; aprovechando la moto con sidecar.

—Son unos acantilados preciosos, dignos de ver y de disfrutar. Estuve allí hace unos meses haciendo el informe sobre la defensa costera en la zona. Vayamos juntos, por favor.

Un minuto después, andando ligero, llegó Salvador. También él transformó su inicial alegría en fastidio, aunque finalmente saludó a Cosme con cariño. Luego abrazó a Dolores y ella le explicó lo que pretendía.

—No me pidáis que elija que no lo haré. No puedo renunciar a ninguno de los dos. Podemos irnos los tres a disfrutar de la vida, o despedirme ahora de vosotros y resignarme a pasar el fin de semana sola.

Hacía meses que Dolores empleaba todo su tiempo en el trabajo, sin descanso. Desde la sublevación militar se había dedicado primero a organizar la intervención de la fábrica de sacos donde trabajaba, y después al sindicato y al Gobierno. Por primera vez en los dos últimos años necesitaba imperiosamente divertirse, y ser ella misma: una mujer joven con ganas de vivir. No habría muchas oportunidades para disfrutar del verano y menos en compañía de sus dos grandes amigos. Por eso se lo hizo saber a sus enfurruñados compañeros. Utilizó todo su encanto, todo su poder de seducción para hacerles comprender que dadas las circunstancias no había más opción que compartirlo todo.

—Quiero que me llevéis a ese sitio que sólo yo conozco. Os gustará. Iremos los tres en la moto; yo en el sidecar. Dormiremos en una casita de la playa, nos bañaremos en el mar y asaremos sardinas. Decidme que sí. No podéis negarme nada. He trabajado mucho, y muy duro. ¿Qué clase de compañeros sois?...

Antes de que ella elevara aún más el tono, Salvador y Cosme asintieron. Estaban dispuestos a compartir el sueño que cada uno por separado anhelaban muchas noches.

—Está bien —dijo Salvador.

—Por mí que no sea —replicó Cosme.

Ella gritó de alegría, los besó una y otra vez, y se marchó mientras les decía lo que tenían que hacer.

—Aseaos en el hotel y descansad un rato. Yo estaré lista en un par de horas.

Salvador y Cosme se bañaron y cambiaron de ropa en una habitación del Metropol. Se afeitaron frente al mismo espejo, compartiendo jabón, brocha y navaja, aunque sin hablar más de lo estrictamente necesario. Dolores utilizó el tranvía para volver a su casa, lavarse, recoger ropa en un fardo y decir a su madre y su abuela que se marchaba a Alicante unos días, obviando los detalles. Volvió a subir al tranvía, nerviosa y ansiosa a la vez, sabiendo lo que sucedería. Era el tiempo de tomar decisiones.

Ellos la esperaban montados en la moto, que habían engrasado y repostado, gracias a su graduación, con un bidón de gasolina y una lata de aceite del ejército. Ver a Dolores les alegró el semblante. Ella vestía pantalones de hombre, botas militares y una blusa blanca que su turgente pecho oprimía con fuerza. Cosme le cedió su cazadora de motorista y Salvador sus gafas. En una pequeña maleta de piel, sujeta a la parrilla de la parte trasera del sidecar, colocaron el equipaje de los tres. A las cuatro de la tarde salían de Valencia, de la calle que precisamente se llamaba Largo Caballero.

Esos días de verano de 1938 eran secos y muy calurosos. El viaje en moto cruzó todos los pueblos costeros: de Pinedo a Oliva, y desde allí al recóndito norte de Xàvia, a una playa aislada por montañas que hundían sus escarpadas faldas en el mar. En mitad de la nada se levantaba una pequeña casa de una sola altura, a escasos veinte metros sobre el nivel del mar. Aunque estaba situada sobre un pequeño promontorio tenía acceso a la pequeña playa por una empinada senda.

Fueron sin duda tres días muy intensos. Y Dolores hizo el amor con los dos hombres; con los dos hombres de su vida a la vez. Ellos supieron centrarse en ella, a la que besaron con dos pares de labios y acariciaron con cuatro manos. Esos días pasearon por la playa, comieron y bebieron, y además de sexo quisieron darse cariño y afecto. A los tres les hubiera gustado poder vivir un tiempo en el que la única preocupación fuera disfrutar de la vida.

Año 1939

Lucas pasó la penúltima semana de marzo en el puerto de Alicante, esperando un barco que nunca llegó. Civiles y soldados se amontonaban sabiendo que estaban acorralados. Cuando se produjeron los primeros suicidios, Lucas decidió marcharse. Lo hizo apretujado en la cabina de un camión con destino a Gandía. Su unidad militar se había disuelto. Los mandos se arrancaban las divisas y los soldados arrojaban las armas. Otro camión, que afortunadamente conducía un viejo conocido, lo llevó finalmente hasta Valencia.

—¿Dónde irás? —le preguntó el conductor. Sólo viajaban ellos dos.

—No lo sé Martín. Necesito dormir para poder pensar.

Martín García entregó a Lucas, al llegar a la ciudad que había sido capital de la República, las llaves de un piso en el que pasar la noche. Mientras entraba en el portal, los fascistas lo hacían en el cercano ayuntamiento. Hacía casi dos días que no comía y por eso lo primero que hizo fue rebuscar en la despensa, sin poder pensar en nada que no fuera el hambre. Cenó los dos huevos y el chorizo que encontró, y se alegró bebiendo una botella de vino avinagrado. Enfrente de la cama en la que después de acostó había colgado un cartel de Lorenzo Goñi: *¡Tú? que has fet per la victoria?*

DOCUMENTO N.° 5
Informe Miguel

98

PEDRO GAS

Posición Francia
15 de mayo de 1939
Salida de Alicante
Para Dólar

He recibido las instrucciones de Jacinto, que me ha transportado a Valencia. Con fecha 30 de marzo abandoné el piso dirección norte, interrumpido por desfiles franquistas. En la calle Sagunto, donde debía tomar contacto con transporte, fui detenido por un control de falangistas. Junto con otros me hicieron subir a la caja trasera de un camión que vigilaban soldados moros. En Almenara, camino de Barcelona, un control de requetés se hizo cargo de los prisioneros. Nos llevaron a un campo de internamiento. Algunos entregaron los relojes y los anillos a los guardias, que sin ninguna vergüenza insinuaban la conveniencia del regalo. A mí me arrancaron del bolsillo la pluma que nos entregó Creador.

El 31 de marzo, obligaron a unos cuantos voluntarios a rodear el campo con alambre de espino. En los puntos estratégicos se colocaron posiciones de ametralladora. Algunas mujeres del pueblo trajeron comida. Me llené los bolsillos del gabán con chuscos de pan, y aproveché el tumulto para escapar, dirección hacia una carretera de tierra que conducía a la Sierra de Espadán. Atravesé la antigua línea del frente. Todo estaba vacío: los nidos de ametralladora, las trincheras y los puestos de mando. En Betxí encontré la carretera hacia Vila-real, que estaba desierta y sin controles de ningún tipo. Era casi madrugada y me refugié entre los escombros de una casa abandonada.

A la mañana siguiente busqué en Vila-real la dirección a la que debía dirigirme según el plan original. Una mujer de mediana edad abrió la puerta y me dio un trozo de pan y unas cuantas pesetas franquistas, sin mediar palabra. Dos niños me miraban desde detrás de una puerta; con los ojos llenos de miedo.

En la estación del tren solicitaban salvoconducto para comprar billete. Me incluyeron no obstante en el que de manera colectiva autorizaba a un grupo de soldados catalanes a regresar a sus domicilios. El tren se detuvo en Santa Bárbara; final de trayecto por estar destruido el puente sobre el Ebro. Hicimos noche en el vagón.

El día siguiente cruzamos el río en barcaza. Y en otra estación, cuyo nombre desconozco, subimos de nuevo al tren, que nos llevó hasta Barcelona. En la estación de la capital catalana nos recibió un enorme cartel de «¡Franco, Franco, Franco!». En el domicilio indicado en mis instrucciones se me entregó un salvoconducto y la llave de una habitación donde dormir.

El día siguiente subí al tren con dirección a Vic. Desde allí, en autocar, hasta Manlleu, donde pasé los días previstos alojado en el domicilio indicado.

Abandoné la casa, andando dirección norte. Al anochecer encontré la posición cercana del Coll de Santigosa. Allí me esperaban otros fugitivos y guías armados, disfrazados de falangistas.

El día siguiente, dirección Sant Pau de Segúries, sorteamos un control franquista. Cruzamos el Ter y desde allí hacia la carretera de Campodrón y Setcases.

Al día siguiente entramos en Francia, atravesando Rocabruna. La ruta y la organización han sido impecables, pero esa tarde fui retenido por gendarmes. Me llevaron directamente a un campo de internamiento.

***

Ese verano de 1939 Cosme y Vidal, exiliados en Suiza, decidieron contactar con Dolores. Lo hicieron a través de Martín García que realizaba las funciones de correo. Ella escribió su informe.

DOCUMENTO N.º 6
Informe Cuatro
Posición España
30 de junio de 1939
La victoria franquista
Para Dólar

En los desfiles de la victoria se hace evidente la implicación internacional de la guerra en España. En las tribunas de honor ha podido verse a moros notables, a militares alemanes e italianos, y en el de Madrid, estaba también el embajador francés, un viejo militar llamado Philippe Pétain. Los que presenciaban los desfiles cantaban, o al menos acompañaban con el movimiento de sus labios, el «Cara al sol», el «Oriamendi» y el «Himno de la Legión». Se canta manteniendo el brazo en alto y la mano abierta. Los gritos de rigor son «¡Franco, Franco, Franco!»; «¡Viva España!» y «¡Arriba España!»; «¡Viva el ejército!» y «¡España: Una, Grande, Libre!», pero también se dan vivas a Hitler y a Mussolini. De los actos que despidieron a los alemanes hay que resaltar que Franco en persona ha condecorado a los nazis: «En nombre de la nación española, le condecoro por su técnica y valor en la cruzada anti bolchevique». Ha concedido la Medalla Militar a tres coroneles, diez comandantes, dieciséis capitanes, veintiséis oficiales subalternos y cinco suboficiales de la Legión Cóndor, y a otros tantos jefes y oficiales italianos.

En León, la banda de música de la Legión Cóndor recorrió las calles de la ciudad. En la tribuna de honor que presidía el desfile en esa ciudad se encontraban varios generales españoles, uno de los cuales era Muñoz Grandes. También estaban presentes los embajadores alemán e italiano, el comandante del CTV, autoridades civiles y eclesiásticas; se invitó a cerca de ocho mil vecinos, y se colocaron altavoces en el exterior del aeródromo para aquellos que no disponían de la correspondiente invitación.

Todos los soldados y civiles alemanes relacionados que han participado en la guerra han sido distinguidos con una condecoración especial. El pasado día 6, según informaban los periódicos, más de doce mil de los que combatieron en España, han desfilado ante Hitler y las más altas autoridades militares del Reich y la delegación española, mientras 330 miembros de las Juventudes Hitlerianas portaban cada uno una placa oval, enmarcada con hojas de laurel, en la que figuraba el nombre de un legionario caído en la guerra española.

Se adjunta recorte de prensa:

La ceremonia celebrada ayer durante cinco horas largas en el Paseo de la Castellana suspendió los corazones. Fue una comunión de entusiasmo y, al propio tiempo, un alarde de profunda y universal sustancia política. Tenía la sugestión de

101

lo nuestro, localizado en el tiempo y en el espacio; pero tenía también un aire insólito de manifestación ecuménica. Ni el desfile interaliado de 1918, que reunió en el Arco del Triunfo y la Plaza de la Concordia 80.000 combatientes, ni el celebrado hace semanas en Berlín, ni el que dos veces al año convoca la propaganda del Komintern en la Plaza Roja, dan idea de la parada de ayer. Más numerosa que todas y tan moderna, rítmica y ordenada como el más exigente Estado Mayor haya podido soñar, este espectáculo dice lo que puede ser España, lo que será España si cada español se hace digno de la vida profesional y en la vida social de la épica manifestación que acaban de ofrecer a sus coterráneos y al mundo los Ejércitos de Franco.

Se adjunta invitación al acto de León:

¡Saludo a Franco!; ¡Arriba España! El Jefe de la Región Aérea Norte en nombre del Excmo. Sr. General Jefe de la Legión Cóndor tiene el honor de invitar a usted a la Revista Militar que pasará S.E. EL GENERALÍSIMO a las Fuerzas Aéreas de dicha Legión, en el Aeródromo de la Virgen del Camino, el próximo día 22 con motivo de su despedida.

León, Mayo de 1939. Año de la Victoria.

Esta invitación es personal e intransferible.

***

Lo que Dolores no añadió a su informe era lo que había escrito en una pequeña libreta de bolsillo.

Me siento sola y muy desgraciada. Lo primero que hizo el dueño de la fábrica de sacos, que habíamos intervenido y hecho más productiva, fue despedirme. Bueno, lo primero fue darme una bofetada delante de todas las compañeras. Me echó de la fábrica dándome patadas con sus botas de falangista. Era por supuesto el 14 de abril. Pocos días después, cuatro fascistas del pueblo fueron a buscarme a casa, y me llevaron al retén del ayuntamiento. Esta vez me pegaron más fuerte, y después me cortaron el pelo con una pequeña hoz de segar hierba. Mi

madre y mi abuela vinieron a buscarme, suplicando que no me
mataran. Quizá por eso sigo viva cuando muchos otros están
muertos.

En esa misma libreta Dolores guardó también un recorte de
periódico de esas fechas, que decía lo siguiente:

> Toda persona que conozca la comisión de un delito lleva-
> do a cabo durante la época de dominación roja, se haya (sic)
> obligado a denunciar el hecho ante el Jefe de Sector a que
> corresponda su domicilio, a fin de llevar a cabo en la debida
> forma el espíritu de justicia que anima a nuestro caudillo.

***

DOCUMENTO N.º 7
Informe Ebre
Posición Francia
Septiembre de 1939
Solicitando instrucciones
Para Creador

La preponderancia comunista, y la falta de control
en la administración de los gastos, en el Servicio de
Emigración de los Republicanos Españoles (SERE), creado
por el círculo de Negrín, obligó, a instancias de Prie-
to, a la creación en el mes de julio, de la Junta de
Auxilio a los Republicanos Españoles (JARE). Participan
todas las opciones políticas salvo el PCE y el PNV.
Pese a la innegable mejor gestión y atención recibida,
no parece de momento posible abandonar el internamiento
en Francia.

En mi posición se está considerando el ingreso en
las Compañías de Trabajo. Se agrupa a doscientos cincuenta hombres, comandados por oficial francés y enlace
español, con vigilancia y custodia por parte de soldados o gendarmes. La paga es de medio franco diario. Se
ha dispuesto servicios de cocina, de intendencia, de
barbería y zapatería.

Se solicita instrucciones sobre el ingreso en las
Compañías de Trabajadores Extranjeros.

103

***

A principios de septiembre de 1939 Ignacio Suescun vivía escondido en el altillo de un piso del paseo de Gracia de Barcelona; en la casa de las ancianas tías de Joan Riu. Allí lo habían refugiado para que se recuperara de sus heridas, poco antes de que los franquistas entraran en Barcelona. Estaba prácticamente curado, aunque aislado del mundo exterior.

Hasta la invención de la telegrafía, conocer lo sucedido en el pueblo vecino dependía de la velocidad del mensajero. Por tierra o por mar, se necesitaban semanas, o meses, para cruzar Europa.

El primer día de septiembre por la tarde, ya se sabía que algo había pasado en Polonia, a miles de kilómetros de distancia. Algo extraño sucedía en la calle, que Ignacio no veía directamente; pero el bullicio que oía era distinto. Los corros que se formaban hablaban de cosas extraordinarias. Por eso Ignacio se atrevió a pedir a las que llamaba «tías» que le compraran el periódico.

—Nosotras, Ignacio —le dijeron ellas, casi al unísono—, antes de la guerra comprábamos *La Vanguardia*. Pero, si prefieres otro, dínoslo, y se lo encargaremos al quiosquero.

—No gracias tías, *La Vanguardia* está bien —les contestó con todo el agradecimiento que pudo.

La Vanguardia había reaparecido en Barcelona, «al servicio de España y del Generalísimo Franco», el viernes 27 de enero de 1939. «BARCELONA PARA LA ESPAÑA INVICTA DE FRANCO» titulaba con grandes letras ese primer día. Un diario es mucho para una persona que vive encerrada, escondida en un espacio de veinte metros cuadrados, que tiene un pequeño vano desde el que sólo ve el cielo, y algún tejado cercano. Las tías de Joan arriesgaban mucho escondiendo a Ignacio en su casa. Barcelona era una ciudad más triste y gris que nunca, pero Ignacio parecía feliz después de saber que Alemania había atacado Polonia.

—Siento no poder pagarles, ni los quince céntimos que vale el periódico, ni todo lo que hacen por mí. Se lo agradeceré siempre, y espero no tardar mucho en dejarles el altillo desocupado.

—Ay Ignacio —habló la más anciana—, a nosotras no nos importa tenerte en casa. Lo hacemos por Joan.

—Es un deber cristiano —añadió su hermana.

Ignacio no podía reprimir su satisfacción. Europa comprendería que España había sido el inicio de una nueva Gran Guerra. De Polonia, Ignacio no sabía mucho. A la República le vendió armas, y no era difícil encontrar un Mauser fabricado en ese país. Ignacio extrajo de una vieja cartera de cuero unas pocas y preciadas cuartillas de papel. Con su estilográfica de palanca escribió durante horas, hasta bien entrada la madrugada:

He sido delegado político en la 101 Brigada Mixta, que era parte del V Cuerpo que mandaba el mayor de milicias Enrique Lister. A finales de diciembre de 1938 estaba destinado en Cataluña.

Fue el gobierno de Largo Caballero el que construyó el Ejército Popular, integrando a los militares leales, a los hombres de reemplazo y a las milicias políticas y sindicales. La brigada mixta respondía pues, a ese casi improvisado esquema adoptado en los últimos meses de 1936. Sobre el papel una brigada mixta se componía de cuatro batallones de cinco compañías cada uno, más una compañía de reserva de infantería, un pelotón de blindados para una de cada tres brigadas de cada división, una batería de artillería con tres cañones y unidades de transmisiones, intendencia, sanidad, zapadores y una columna de municionamiento. En total poco más de cuatro mil hombres, con 134 oficiales y 32 comisarios. Pero la realidad fue normalmente otra.

Me hirieron el día de año nuevo de 1939. Fui evacuado a Barcelona cuarenta y ocho horas después. Poco después se produjo el derrumbe del Ejército de la República. Estoy escondido en una casa de Barcelona. Hoy me he enterado de lo que sucede en Europa. Polonia es el siguiente bocado del nazi-fascismo; España, Austria y Checoslovaquia no han saciado a la bestia, y Polonia tampoco lo hará. Me alcanzaron por la mañana. Parecía un día tranquilo. Recibí la que era la primera andanada de la artillería enemiga. Me dijeron que dos camilleros me recogieron de la posición de trinchera en la que estaba y

105

me llevaron al hospital de campaña. Tuve mucha suerte al ser de los primeros en caer herido. Gracias a eso, el doctor pudo entretenerse conmigo, extrayendo meticuloso la metralla, en lugar de amputar por debajo de la rodilla. Dos días después, un viejo compañero ordenó que me subieran a un camión ambulancia y me trasladaran al domicilio de Barcelona, en el que me escondo desde que cayó la ciudad. Yo estaba en primera línea atendiendo la moral de los chicos de nuestra zona, a los que se les militarizaba a los dieciséis años, aunque hasta los diecisiete no ingresaban en el ejército. Algunos eran verdaderos niños; no entendían nada; no distinguían entre la FAI e Izquierda Republicana, y cuando oyeron las primeras explosiones se les pasaron todas las ganas de jugar a la guerra. Los vi llorar y orinarse encima. Mi trabajo era intentar que se convirtieran en hombres.

***

Oculto en su pequeño espacio, Ignacio soñaba con poder huir. Algunas noches recorría en su motocicleta una carretera de montaña, casi siempre la misma. La motocicleta de sus sueños, que había dejado en el frente, era una R32 fabricada en 1924 por la BMW, que significa 'Bayerische Motoren Werke'. Pero cuando despertaba, lo que tenía presente era su última conversación con los jóvenes reclutas.

—Se la requisamos a un cacique, que se había gastado más de dos mil marcos alemanes.

Los chicos la miraban una y otra vez, mucho más interesados en la motocicleta que en las clases teóricas que Ignacio les acaba de impartir:

—Batallón, Compañías, Secciones, Pelotones y Escuadras. Un obús, un cañón y un mortero son piezas artilleras distintas; la diferencia está en la trayectoria del proyectil y en su alcance.

Pero la noche del primero de septiembre de 1939 Ignacio no durmió. Estuvo escribiendo todo lo que era capaz de recordar, aunque sin saber muy bien para qué.

Cuando me trasladaron a Barcelona, colocaron mis cosas en un fardo que hicieron con mi manta: una pistola y dos cargadores de munición; mi pluma y mi tintero; la muda limpia que me quedaba; unas alpargatas; unas cuantas hojas de papel de carta y la navaja de afeitar. Me dijeron que cuando estaba inconsciente no paraba de repetir las divisas y el escalafón del ejército popular: una combinación de barras y estrellas rojas de cinco puntas muy fácil de entender. Cabo, sargento, brigada, alférez, teniente, capitán, comandante, teniente coronel, coronel y general. El Cuerpo de Comisarios inicia su escalafón con el delegado político de compañía, sigue por el de comisario de compañía, comisario de batallón, comisario de brigada, comisario, inspector, subcomisario general y comisario general.

***

De cuando me hirieron no recuerdo mucho: escuché un estruendo enorme y una especie de golpe seco y metálico, como un martillo, en la cabeza. Y una quemazón en la parte baja de la pierna. Desperté de la conmoción con la cabeza vendada y la pierna escayolada. Me dolía todo, tenía mucha angustia y veía borroso. Poco después me desmayé. Me dijeron que dos días después me llevaron a Barcelona. Yo no sabía dónde iba, ni tenía fuerzas para preguntarlo. De camino dejamos a otros dos evacuados en su casa, y a un tercero en otro hospital que no recuerdo. Yo ardía de fiebre pero estaba muerto de frío. Mis compañeros de viaje me animaban diciendo que una vez curado volvería a casa. El médico que me salvo la pierna certificó en una hoja con membrete del hospital de campaña, que dada la herida sufrida «el referido no podrá recuperar la condición de apto para el servicio activo».

Tres semanas después de llegar a Barcelona, estando aun Ignacio con la pierna escayolada, los fascistas alcanzaron el río Llobregat, a las puertas de la ciudad. Las tías de Joan le ocultaban el transcurso de la campaña, aunque su gesto, progresivamente cabizbajo, delataba lo peor. El Gobierno fue evacuado y algunos pretendieron con escaso éxito levantar barricadas y resistir a ultranza. Esa noche Ignacio pensó huir, pero su movilidad era más que reducida. Las heridas en la pierna le habían convertido en un inválido de guerra.

Una tarde de principios de marzo, un vecino llamó a la puerta de la casa. Las ancianas abrieron a un hombre de parecida edad a la que ellas tenían, al que ofrecieron una tacita de malta caliente con una mancha de leche. El vecino era un viejo carlista, que tosía y mentía varias veces por minuto:

—Si tienen alguien en casa, sáquenlo pronto que las han denunciado. Yo sé que ustedes lo hacen por humanidad, que son católicas, y que siempre lo fueron, que cumplen con la liturgia y se comportan de manera cristiana. Pero estos tiempos son difíciles, y se podría malinterpretar su hospitalidad.

Las dos ancianas se quedaron horrorizadas. Lo primero que hicieron cuando se marchó el vecino fue rezar el rosario:

—Dios te salve María, llena eres de gracia.

—El Señor es contigo. Bendita tú eres entre todas las mujeres y bendito es el fruto de tu vientre, Jesús.

—Santa María, Madre de Dios, ruega por nosotros pecadores ahora y en la hora de nuestra muerte. Amén.

Por eso decidieron esconder a Ignacio en el altillo, que había sido el cuarto de juegos, cuando las ancianas eran niñas. Hacía decenios que el acceso había sido tapado con una puerta de madera, que se integraba perfectamente en la pared, y que cubrieron con una cortina.

Esos primeros días de septiembre, Ignacio agotó todas sus reservas de tinta y papel. Con letra minúscula, aprovechando al máximo el espacio en blanco, Ignacio escribió, lo que sabía de la realidad gracias a los periódicos.

Lo primero que han hecho los franquistas en las escuelas, ha sido poner los crucifijos. Seguramente porque la influencia de la religión católica en la educación permite a las clases dominantes la explotación de los dominados. Así los pobres creen que su fatalidad es designio divino, y no humano.

Las tías de Joan eran votantes de la Lliga, un partido clerical y de derechas que en su propaganda pretendía el voto obrero. Durante la guerra, siguieron yendo a misa, en privado. En la casa siempre hubo colgado de la pared del comedor un crucifijo, de madera, muy sencillo. En las escuelas del Estado Franquista se colocó por imperativo legal una imagen de la Virgen, preferentemente la Inmaculada Concepción. Durante el mes de mayo había que dedicarle los actos litúrgicos de rigor. Los niños dirían «Ave María Purísima» a la entrada y salida del colegio, a lo que el maestro replicaría «sin pecado concebida».

A Ignacio le subieron las ancianas el desayuno y el periódico del día. En Francia, el Consejo de Ministros había decretado la movilización general de sus ejércitos y el estado de guerra. Roosevelt había pedido a los gobiernos que pudieran verse arrastrados a las hostilidades, que no bombardeasen a las poblaciones civiles. Turquía había movilizado siete quintas; Suiza decretaba la movilización general; Canadá manifestaba su apoyo incondicional a Inglaterra y el papa suplicaba en nombre de Dios a Alemania y Polonia que hicieran lo posible para resolver la situación por caminos pacíficos. En la Unión Soviética se había producido una larga entrevista entre Stalin y el embajador alemán en Moscú, después de ratificarse el pacto de no agresión entre ambos estados totalitarios. En Inglaterra el rey Jorge firmaba la orden de movilización general, y Chamberlain decía en la Cámara de los Comunes que mientras existiera el gobierno nazi, no habría paz en Europa. Mussolini decía, seguramente abriendo su gran bocaza, que Inglaterra era la responsable de que Polonia hubiera rechazado las propuestas alemanas.

—Curioso tiempo éste en el que la propaganda y la mentira sustituyen a la verdad. Los nazis acusan a Inglaterra de la agresión, y a Polonia de rechazar la solución pacífica, recurrir a las armas, y perseguir y aterrorizar a los alemanes. Llegan incluso a decir que han sido los polacos quienes han violado las fronteras entre ambos países. El primer comunicado del cuartel general alemán desmiente que se hayan bombardeado poblaciones, porque los aparatos han recibido la orden de bombardear sólo los objetivos militares. En España bombardearon Guernica, y en el resto de Europa lo volverán a hacer sin miramiento alguno. Polonia ha invocado desesperada el tratado de alianza con los ingleses. En Varsovia, a las doce cuarenta de la mañana de ayer ya sonaron las sirenas anunciando la proximidad de aviones enemigos. La Agencia polaca informó de doce agresiones bélicas, y el presidente de la República se dirigió a la nación afirmando lo obvio: que la guerra la había iniciado Alemania.

En el periódico que Ignacio leía con detenimiento, un periodista español escribía desde Roma su crónica, preguntando por el futuro que se avecinaba:

> La guerra ha comenzado pero, por ahora, cuando escribo estas cuartillas, sólo dos pueblos Alemania y Polonia, cruzan sus armas. ¿Cuánto tiempo tardará en generalizarse el conflicto?

En la segunda y tercera página el periódico ilustraba la imagen de los grandes protagonistas del conflicto:

> El canciller Hitler, conductor del gran pueblo alemán, que estos últimos días ha realizado grandes esfuerzos a favor de la paz europea. A la derecha: El mariscal Goering, presidente del gobierno del Reich y jefe supremo de las fuerzas aéreas alemanas. El príncipe de Piamonte, heredero de Italia, que asumirá el mando de uno de los cuerpos de ejército de los dos en que se ha dividido el Ejército italiano. A la derecha: el Duce, quien, en caso de conflagración europea, asumiría el mando supremo de las fuerzas militares, aéreas y navales del Imperio.

Ignacio recortó con unas pequeñas tijeras de costura las imágenes de sus enemigos, creyendo que con ello conseguiría su deseado objetivo: verlos muertos.

Finales del siglo XX

El salón de actos del Hotel de Convenciones estaba lleno. Vidal subió al estrado y utilizó el micrófono para pedir varias veces que se guardara silencio. Cuando lo logró inició su discurso en voz baja.

—Cada día es un regalo. Ver amanecer es un tesoro. Hizo una pausa para mirar su auditorio y elevó el tono.

—Eso es así, os lo aseguro; especialmente para nosotros. Es ley de vida. Cuando se cumplen más de ochenta parece claro que queda poco para el final. Lo que yo deseo más que ninguna otra cosa, es hacer el tránsito lo mejor posible. Cuando se cumplen más de ochenta se ha perdido gran parte de la capacidad de recordar lo reciente. Muchas veces, es incluso difícil ordenar lo sucedido en el pasado inmediato. Pero a cambio, el pretérito lejano se ve más claro; y tiene más sentido; y se recuerdan cosas que parecían olvidadas. Hay que disfrutar de eso, y al mismo tiempo resignarse a anotar en una libreta cada vez que se va al baño —la carcajada fue general—. Recordar con detalle es una manera de volver a vivir. Tenemos además la ventaja de saber el final de la historia. Y si hacemos lo que tenemos que hacer, os aseguro que será un final feliz.

El que hablaba era un anciano, y los varios centenares que le habían escuchado, y ahora le aplaudían y jaleaban, también. Eran personas de edad avanzada pero su energía vital se podía sentir. Las conversaciones eran animadas y constantes. Había grupos, pero sus componentes nunca eran los mismos. Todos querían hablar con todos.

El discurso duró casi una hora. La sala alquilada en un hotel de confianza había mantenido las puertas cerradas. Lo tratado era confidencial. El resto de clientes del hotel creyeron que se trataba de una de las habituales excursiones de jubilados que visitan la capital de España. Lo que nadie hubiera imaginado es que esos pensionistas se reunían para organizar una operación militar. Nada extraño si no fuera porque cualquiera de los presentes había pasado buena parte de su juventud en guerra; muchas veces en primera línea de fuego. Había soldados, y resistentes de todo tipo y en todo lugar; prisioneros de campos de exterminio; tanquistas, artilleros y guerrilleros. Cualquiera de los presentes sabía disparar un arma: y muchos lo habían hecho muchas veces. Algunos habían sufrido torturas inimaginables. Pero allí estaban, con esa misma fuerza que les había hecho soportar los peores horrores.

Se vocearon las últimas instrucciones:

—Todos estáis asignados a un grupo para abandonar la sala. El primero lo hará en dos minutos. El siguiente dentro de diecisiete, para ser exactos. Dispersaos a la salida del hotel. Recordad la cita y las instrucciones. Mantened el secreto. Salud.

Una hora después sólo siete ancianos, cinco hombres y dos mujeres, quedaban en la sala vacía. Apagaron las luces y subieron a la terraza del hotel para comer. Eran sin ninguna duda muy felices.

Año 1940

El avance alemán de mayo de 1940, convenció al Estado Mayor francés de que la derrota era inevitable. Había que elegir, entre someter a París a la destrucción, o capitular. El 14 de junio de 1940, desde el alba, el ejército de Hitler desfilaba por las calles de la capital de Francia. Era la segunda vez en los últimos cien años que los alemanes tomaban París. Los franceses sabían que la caída de la capital suponía perder la guerra. París concentraba en 1940 a gran parte de la intelectualidad, la casi totalidad de las finanzas de Francia, una parte importante de su industria, y el vital cruce de su red de comunicaciones. El 14 de junio, la ciudad de casi cuatro millones de habitantes amaneció desierta y desolada; los que no habían huido de la previsible derrota estaban en sus casas, con las persianas bajadas. Entre el silencio sepulcral que reinaba en las calles, las pesadas botas de los soldados alemanes, resonaban aún más fuerte en el adoquinado.

Estelle y Vidal estaban encerrados en el piso de la avenida de los Campos Elíseos, intentando mirar discretamente, entre cortinas, lo que sucedía en el exterior.

En Alemania, por orden de Hitler, todas las ciudades y pueblos se engalanaban, mientras las campanas de las iglesias sonaban durante quince minutos sin parar. En Berlín, la radio anunció la toma de París después del toque de clarines en plazas y calles. Se guardaron tres solemnes minutos de silencio, y luego estalló el entusiasmo. Cuando finalmente los parisinos bajaron a la calle, muy pocos demostraron alegría. Hombres de mediana edad lloraban sin vergüenza la consumación de la tragedia. Algunos lo hacían más por el triunfo del nazismo, que por la derrota militar de su nación.

Estelle y Vidal no quisieron ser testigos de semejante desgracia. Lo único que hicieron fue sentarse en el suelo, cabizbajos y en silencio, sobre la mullida y elegante alfombra que tapizaba el amplio salón. Con las cortinas echadas y muy poca luz, pasaron parte de la mañana sin decir nada. Estelle fue la primera en reaccionar, y sorbiendo la humedad de su nariz se levantó en busca de una botella de coñac, y dos copas de cristal caro. Él sonrió por la iniciativa, y recomponiendo la voz se atrevió a decir:

—¿Tú crees que emborracharnos solucionará esto?

—Bueno —contestó ella—, al menos no lo empeorará.

Después de la segunda copa seguían sentados en el suelo, uno junto a otro, pero mirándose a la cara en lugar de a ninguna parte. Hacía casi año y medio que Estelle y Vidal compartían casa; cada uno atendiendo sus obligaciones políticas; yendo y viniendo, coincidiendo unas veces y otras no, durmiendo en habitaciones distintas y respetando escrupulosamente la intimidad de cada cual, sin ni tan siquiera plantearse que eran personas de sexo distinto, jóvenes y comprometidos en una misma causa. Ese día coincidían plenamente en la misma sensación de desgracia, de desamparo, de incertidumbre y pena infinita. Era el primer día de la derrota; de la que entonces parecía irrevocable y definitiva derrota. La tercera copa les alegró el color de la cara, y aún se sentaron más juntos. Ella vestía pantalón y camisa de hombre, y aún así resultaba atractiva, interesante y dinámica, capaz de ser mujer y persona por ella misma. Habían dormido poco, pero la excitación de lo que estaban viviendo eliminaba el cansancio. Estelle tenía las rodillas dobladas, y sobre ellas apoyaba la cara. Miraba a Vidal fijamente, abriendo mucho los ojos marrones. Él se turbaba, y esquivaba esa mirada sabiendo lo que podía significar.

—¿Qué haremos ahora? ¿De qué viviremos? ¿Dónde iremos? —preguntó él.

—Son muchos interrogantes para una sola respuesta. Lo único

que tenemos es esto: esta casa, esta alfombra, y media botella de coñac —contestó ella con cierta ironía.

Se cogieron de las manos, y ella apoyó su cabeza en el hombro de él. Vidal sintió el calor del cuerpo de Estelle, y la suavidad de su pelo alborotado. Ella lo levantó del suelo, lo sentó en una silla y se colocó a horcajadas encima de él. Vidal ya no rehusaba su mirada, y después de unos segundos que parecieron mucho más tiempo, tocó con sus manos la cara de ella. Lo hizo suavemente, casi con miedo. Vidal respiraba de manera ansiosa, notando en la yema de sus dedos la suavidad de la femenina piel. Estelle se acercó muy lentamente, y lo besó en los labios. Luego se apartó nerviosa, y él se levantó bruscamente. Volvieron a mirarse, riéndose por lo embarazosa que resultaba la situación.

—No sé qué decir —dijo él en voz muy baja.

—No hace falta que digas nada.

Entonces se abrazaron, apretando sus cuerpos con fuerza, como si pudieran convertirse en uno solo. Estelle notó la erección de Vidal, y su propia humedad que parecía desbordada, capaz de traspasar toda la ropa que la cubría. Así estuvieron varios minutos.

—Eres muy bonita. Eres muy importante para mí. Eres lo único que ahora mismo tengo.

—No seas zalamero, no hace falta que lo seas.

Pero Estelle lo decía sin convencimiento, deseosa en el fondo de las palabras de él. Vidal la besó en el cuello y Estelle sintió que el estómago se le encogía, que le temblaban las piernas y que deseaba estar con él. Por eso volvió a sentarlo en la silla, y se colocó de nuevo a horcajadas, aún más cerca, aún más excitada.

—¿Estás segura de lo que estás haciendo?

—Estoy segura de lo que siento, y de lo que quiero —contestó ella.

Vidal la volvió a besar mientras sus manos bajaban por la espalda de ella hasta que, aprovechando la holgura del pantalón, alcanzó la redondez de sus glúteos, oprimiéndolos primero por encima de la ropa interior, y después por debajo. Estelle se desabrochó el botón que oprimía su cintura, favoreciendo que las manos de Vidal alcanzaran toda su intimidad, que en ese momento estaba completamente húmeda y dispuesta. Con las manos llenas de la suave carne de ella, los besos que se daban se volvieron nerviosos. Estelle rozaba rítmicamente con su pubis la erección de Vidal, que incontenible la desnudó de cintura para arriba, besando los pezones, oliendo su cuerpo, lamiendo sus axilas y sus brazos ahora desnudos. Ella gemía, cerrando los ojos y abriendo los labios, mostrando sus dientes, bonitos y blancos, muy blancos.

—Eres lo único que tengo —repitió él.

—Demuéstralo —le contestó Estelle.

Vidal la levantó sin dejar de besarla, y la llevó hacia la pared, donde le quitó el resto de la ropa que a ella le quedaba. Hizo lo mismo con la suya, para después acariciar con manos temblorosas pero meticulosamente, cada centímetro de su piel; muy despacio. Así, de pie, uno frente al otro, muy juntos, el miembro de él quedo entre las piernas de ella, que arqueando su pelvis se lo introdujo casi de un solo golpe. Ambos gimieron, abrieron mucho los ojos y sonrieron. Ahora eran una misma cosa; dos cuerpos unidos en un ir y venir, hacia uno y hacia el otro, unas veces con pausa y otras sin ella.

Estelle y Vidal estaban sentados en el despacho que había sido del Dr. Bloch. Era una habitación espaciosa, rodeada por estanterías con libros. Casi en el centro, y aprovechando la luz de la ventana, había una mesa cuadrada, de sólida madera color caoba. Estelle rebatía a Vidal la importancia de la cuestión militar.

—El problema del ejército francés no ha sido el armamento, sino la moral. El recuerdo del horror de la Gran Guerra sigue presente. Ha habido una confianza ingenua en la línea Maginot. La gestión de los recursos militares ha sido ineficaz. Se han enfrentado con la sicología del soldado alemán, convencido por la propaganda nazi, de que Versalles tiene la culpa de todos sus males. El soldado francés anda escaso de botas, de mantas y de alojamiento. Abunda el clasismo de los oficiales, el alcohol y la propaganda contra la guerra. Algunos panfletos dicen «Viva Stalin. Viva Hitler», y se habla sin rubor de sabotajes comunistas en la industria armamentista. Los mandos del ejército francés son viejos oficiales de la reserva, incapaces de entender la guerra moderna, tan distinta de la que ellos libraron hace treinta años. Por eso cuando los alemanes rompieron el frente se produjo la desbandada.

Vidal la escuchaba, tomando notas. La dejaba hablar.

—Pétain, el héroe de Verdún, ha dicho que la derrota es culpa de tanta democracia y tanto partido.

—Eso lo dice todo. El mariscal prefiere antes una Francia vencida, que una Francia de izquierdas. Pero, déjame recapitular: El 10 de junio el Gobierno francés abandonó París; el 14, el comandante militar de la capital de Francia negoció la evacuación del 7.º Ejército francés y la declaración de «Ciudad Abierta»; el 17, Pétain, pedía por la radio al pueblo francés aceptar la capitulación. El 22 de junio de 1940, se escenificó en el bosque de Compiegne la humillación de Francia. Ese día, Hitler y su Estado Mayor llegaron y leyeron a los franceses las condiciones de una capitulación incondicional. Se escuchó el himno nacional de Alemania y el himno del partido nazi. El vagón de tren en el que se formalizaron las firmas fue desmontado y los monumentos franceses dedicados a la victoria en la anterior Gran Guerra destruidos. Hitler, de vuelta a su cuartel general en la frontera belga, visitó Soissons, donde en 1918 se le concedió, al entonces cabo, la Cruz de Hierro.

Estelle repasaba sus propias notas. Contenían la información que había logrado reunir desde el primer día de la ofensiva alemana.

—Resumiendo. En seis semanas de lucha en Francia los alemanes han tenido muy pocas bajas. Seguro que ni la mitad de las bajas sufridas en Verdún. Los franceses que se han rendido al enemigo son millones.

Por la más famosa avenida de Paris circulaban camiones repletos de soldados alemanes. Pero allí estaban solo ellos. Ni nadie, ni nada más. Completamente desnudos, mirando y tocando sus cuerpos, con poca luz. Ella volvió a sentarlo en la silla, para ahora sí, a horcajadas, sentirlo muy dentro de ella, durante muchos minutos. Y ese día, el día de la derrota que parecía definitiva, no hubo entre ellos nada más que amor, sexo, placer, risas y media botella de coñac, de la que nunca más volvieron a beber.

117

***

A finales de junio de 1940, un hombre volvió a presentarse en la casa de Barcelona en la que se escondía Ignacio. Ese desconocido era el conductor que en 1939 lo había traído en ambulancia desde el frente. Se llamaba Martín García, era natural de Madrid, y aunque Ignacio lo desconocía, formaba parte de la red organizada por Cosme. Martín se había presentado la semana anterior, pero las dos ancianas no supieron que decirle. Esta vez le abrieron la puerta y le pidieron que entrara. Una semana antes, el conductor, chofer de una empresa de transportes por carretera, les había entregado a las dos ancianas un pequeño papel doblado que tenía escrito en una clave conocida por Ignacio lo siguiente:

> *Jacinto forma parte de la red. Volverá en siete días. Sigue sus instrucciones. Dólar.*

Jacinto era el nombre en clave de Martín García. A Ignacio, ese día, pese a las malas noticias de la guerra en Francia, se le ilumino la cara. El mensaje era correcto según el procedimiento. Significaba también que el grupo seguía operativo; lo suficiente al menos para establecer contacto y posiblemente liberarlo.

Las ancianas hicieron pasar a Martín al salón comedor. Allí lo esperaba Ignacio, que lo saludó efusivamente. Las ancianas se retiraron discretamente a la cocina. El conductor sacó de una bolsa de tela, una botella de anís y dos pequeños vasos de cristal. Bebió el suyo de un trago y dijo escuetamente:

—Mis órdenes son claras. Tengo que decirte que de momento tienes que quedarte aquí. Sin salir y sin ser visto. Están fusilando a muchos. Las cárceles están llenas. Las cosas están muy difíciles. Lo único bueno que puedo decirte es que la organización sigue viva, y con capacidad de operar.

Ignacio quiso darle al conductor una carta para su madre, pero éste se opuso.

—Se te ha dado por desaparecido. Tu madre viste de luto y casi todos creen que estás muerto. Es lo mejor que puede pasarte ahora mismo —acto seguido el conductor se levantó, apuró un segundo trago de anís y se marchó.

Ignacio no se quedó tranquilo. Su escondite era una trampa. En cualquier momento la policía podía presentarse y sacarlo vivo o muerto. La nota primera estaba escrita utilizando un código que sólo podían conocer otras seis personas. Todas las palabras se escriben seguidas, sin espacios, y las letras se cifran mediante una operación matemática determinada por un número, previamente conocido por emisor y receptor. Cada uno de los miembros de la organización tenía asignado un nombre en clave. El de Ignacio era «Navarra».

Ignacio se bebió el resto de la botella de anís para poder dormir. Desde la evacuación de Dunkerque releía una y otra vez los periódicos que las ancianas le compraban cada mañana. Lo leía todo: reclamos publicitarios para herniados, para las pecas de caballero o señora; en la urbanización Mirasol se vendían solares de 12 metros de fachada por tres mil pesetas. Sobre los desarreglos intestinales se proponía una bebida de gran poder microbicida; para la hipertensión, parálisis y neurastenia se recomendaban las prodigiosas aguas de las Termas Orión, en Gerona; y para comer, Potax, el cubito de caldo de carne. Algunos titulares hundían el ánimo de Ignacio: «Victoriosa entrada del Ejército alemán en París» titulaba *La Vanguardia Española*. «Las tropas alemanas entraron ayer en París»; «Las vanguardias germanas en la Puerta de Saint Denis»; «París, desierto y silencioso». La derrota de Francia se había producido en poco más de un mes. Parecía imposible parar al nazismo en Europa. Ignacio volvió a escribir. Las ancianas le habían proporcionado una libreta de tapas duras y tamaño cuartilla, que se cerraba mediante una goma elástica.

Ayer se firmó el armisticio. Francia está vencida pero Hitler no se detendrá. Si derrota a Inglaterra, todo el occidente europeo estará bajo su control. En Valencia, según me ha contado Jacinto, se ha celebrado la entrada nazi en París fusilando 37 personas.

En esa libreta guardó Ignacio una vieja octavilla franquista que cayó en sus manos:

Si no has manchado tus manos con delitos comunes ven. Franco te ofrece la paz, trabajo, pan y justicia. Si no has cometido crímenes, no tienes que temer. La España Nacional es justa y generosa. La España nacional ampara al prisionero que no ha cometido crímenes.

***

DOCUMENTO N.º 8
Informe Cuatro
Posición España
15 de mayo de 1940
Fuerzas militares franquistas
Para Dólar

Grandes dificultades para operar. El presente no contempla la totalidad de la información solicitada, pero procede de fuentes fiables.

El Ejército del Aire franquista se distribuye en cinco regiones aéreas y tres fuerzas. En la Tercera Región Aérea de Levante se posiciona el Grupo número trece de bombardeo, en Los Llanos. En Manises se localizan el grupo treinta y dos y la escuadrilla veinticuatro. Las dos escuadrillas del treinta y dos, cuentan con veinticuatro aparatos Polikarpov I-15 cada una. Son los conocidos «Chatos». La escuadrilla veinticuatro dispone de 24 «Superchatos», Polikarpov I-152.

Las fuerzas blindadas se organizan en cuatro regimientos, que cuentan con 139 tanques medios, T-26 capturados durante la guerra, y 144 tanques ligeros, Panzer I y CV-33.

La Armada dispone de dos cruceros pesados, cinco cruceros ligeros, veinte destructores de diferente clase y cinco submarinos.

El Ejército de Tierra cuenta con diez cuerpos de ejército, organizados en 24 divisiones, con un total de 87 regimientos de infantería, 12 de caballería, 47 de artillería, 14 de ingenieros, 12 grupos de intendencia, 11 de sanidad, 12 de automóviles, 10 unidades de veterinaria, 12 compañías de defensa química, y los regimientos de blindados citados. Las fuerzas más operativas son sin duda los 3 tercios de la Legión.

DOCUMENTO N.º 9
Informe Dólar
Posición Suiza
20 de junio de 1940
Fuerzas militares franquistas
Para Tudor

A la información remitida hay que añadir lo siguiente:

El número de aeroplanos del que se dispone es de 493; 172 de ellos son considerados cazas; 164 se emplean como bombarderos. La calidad y operatividad es reducida.

Es factible que el número de regimientos de carros sea 5 en lugar de 4. Se han iniciado pruebas para la construcción de un modelo español, con ayuda técnica alemana.

Se pretende artillar y proteger Ferrol, Avilés, Bilbao y las Rías Bajas gallegas, con minas, aunque el número del que se dispone es escaso.

Se ha almacenado en Ferrol combustible para submarinos, tanto propios, como los que se puedan secretamente acoger.

Se pretende utilizar los pesqueros de la empresa PYSBE para tareas de vigilancia marítima.

Existe intención de minar el acceso a Cádiz y artillar su costa.

Puede resumirse que la principal misión de las fuerzas armadas franquistas es interior. Es la principal salvaguarda del poder establecido por Franco en España.

***

En 1940 Francia vestía a sus soldados con el mismo uniforme de 1918; lo que había cambiado era el color, que en lugar del azul horizonte de Verdún, era ahora un verde oliva pardusco. La ofensiva alemana sobre Francia se inició el viernes 10 de mayo de 1940, más de medio año después del ataque a Polonia. Guderian entró en Luxemburgo y Rommel se dirigió a Bélgica, mientras la Luftwaffe atacaba Holanda; se necesitaban unos miles de muertos para hacer creer a los franceses que el ataque vendría por este lado. Pero fue por el impenetrable paso de las Ardenas, por donde más de mil carros blindados avanzaron, trayendo tras ellos tropas de asalto motorizadas, vehículos de suministros y el grueso de los regimientos de infantería.

En el primer verano de la ocupación, Estelle y Vidal, recluidos en el piso de los Campos Elíseos, redactaron su informe sobre lo que estaba sucediendo. Su destinatario era Largo Caballero.

```
DOCUMENTO N.º 10
Informe Leonardo
Posición París
1 de julio de 1940
Hitler en París
Para Creador
Copia para Tudor
```

El Gobierno de Francia abandonó París el 10 de junio. El día 14 se produjo la entrada de las tropas alemanas. El 17 Pétain depuso las armas y solicitó armisticio. El 22 se formalizó en Compiegne la capitulación. El armisticio, cuya copia literal se adjunta, consta de veinticuatro artículos.

El 23 de junio, antes de las seis de la mañana, Hitler llegó a Le Bourget a bordo de un prototipo modificado de Focke-Wulf 200, escoltado por un número considerable de cazas Messercmitt 109, y acompañado por otras aeronaves que ocupaban altos jerarcas y mandos del ejército. El avión de Hitler es un tetramotor monoplano, totalmente metálico, con capacidad prevista para 26 pasajeros. Los motores son radiales y ofrecen una potencia de más de setecientos caballos de vapor. El asiento que Hitler ocupa en cabina está blindado y cuenta con paracaídas automático.

La numerosa escolta que lo acompaña reduce las posibilidades de éxito de un ataque aire-aire. Se han ocupado por los nazis numerosos edificios, desalojados sin resistencia por las autoridades francesas. La mayoría se adornan con la simbología nazi. En cinco automóviles Mercedes descapotados, la comitiva ha efectuado un recorrido por los principales monumentos y vías de la ciudad. Hitler viajaba en el primer vehículo, al lado del conductor. Las calles estaban desiertas, pero desde la noche anterior se había desplegado un considerable dispositivo de seguridad, al mando del teniente coronel Hans Speidel. No han sido muy visibles tropas o blindados, pero sí la policía francesa en sus puestos habituales. No ha sido posible contactar con resistencia organizada entre dicho cuerpo. Se ha visitado el edificio de L'Opéra, Le Madeleine. El recorrido se ha ralentizado en extremo por la plaza de la Concorde, Champs Elysees y place de l'Étoile. Hubiera sido posible obtener blanco desde una posición de francotirador. La comitiva, después de permanecer durante unos minutos en la Tumba del Soldado Desconocido, se ha dirigido a Les Jardins du Trocadero, donde se han obtenido fotografías frente al Sena y la Torre Eiffel. Los cables de elevador a lo alto de la torre fueron cortados antes de la entrada de los alemanes en París. Cualquier sabotaje en la instalación, de haberse intentado, hubiera sido descubierto por los técnicos alemanes. En el Hôtel des Invalides, Hitler ha visitado la tumba de Napoleón Bonaparte. La comitiva se ha detenido en el jardín de Luxembourg, en Le Panthéon, la Saint-Chapelle, Notre Dame, el museo del Louvre, la place Vendôme, y la Basilique du Sacre Coeur. A las nueve de la mañana se dio por concluida la visita. A las diez de la mañana pudo verse el avión sobrevolando la capital de Francia. Según informaciones consideradas fiables, es factible que Hitler repita visita a París este mismo año. Posiblemente después del verano.

Finales del siglo xx

—El Polikarpov I-16 era el primer caza monoplano de ala baja y tren de aterrizaje retráctil. Entró en servicio en 1934 y los primeros en llegar a la guerra de España lo hicieron en otoño de 1936. En las cajas en las que se los transportaba se había rotulado *Mockba* en cirílico. Quizás por eso los llamaron «Moscas». Se los matriculó con el indicativo «CM» y una numeración correlativa. La aviación republicana llegó a disponer de siete escuadrillas de doce aviones cada una. Recibió casi trescientos aparatos de la Unión Soviética, más de la mitad de los tipos 5 y 6, y el resto del tipo 10, al que llamaron «Supermosca». Todos tenían una envergadura de nueve metros y una longitud de seis. Los primeros que llegaron eran de cabina cerrada, tenían una potencia de 730 caballos, pesaban 1600 kilos, alcanzaban una velocidad de 450 kilómetros a la hora y estaban armados con dos ametralladoras del calibre 7,62 mm.

Lucas hizo una pausa para beber agua y encender un cigarro, sabiendo la expectación que sus palabras provocaban. Después de medio minuto continuó su explicación:

—Lo verdaderamente complicado es lo del tanque. Aunque parezca mentira es más fácil hacer volar un avión que hacer rodar un tanque por mitad de Barcelona. El problema es que no hemos encontrado ninguno que estuviera en estado de uso. Nos conformábamos con que pudiera rodar unos cuantos kilómetros, pero ni así. Tampoco hay nada disponible en el mercado que podamos comprar.

Pero, y esa es la buena noticia, sabemos que hay uno en un museo militar.

—¿Y cuál es la mala? —preguntó Salvador.

—Bueno, no podemos pedirlo prestado, ni nos lo quieren ceder sin un montón de papeleo que no podemos aportar, y que descubriría la operación. Así que hemos planeado recuperarlo para el ejército que lo compró.

Lucas sonreía, excitados por su propia idea, pero el resto que poco a poco se había acercado a la conversación, permanecía boquiabierto.

—Perdonarme la duda —dijo Vidal sin disimular su asombro—, pero... ¿cómo se roba un tanque de un museo militar?

—Ahora lo explicamos. Lo que pasa es que además, el día de la operación tendremos que utilizarlo subido a un camión, y antes repintarlo, porque los franquistas lo reutilizaron poniéndole la cruz de san Andrés en la parte superior de la torreta. —Salvador no pudo reprimir la carcajada—. El carro T-26 B pesa nueve mil kilos. Los primeros llegaron a España en septiembre de 1936; y en total el ejército republicano recibió casi medio millar. Estaba armado con un cañón de 45 mm, y una ametralladora coaxial. La tripulación estaba formada por un jefe tirador, un cargador y un conductor, protegidos por un blindaje que oscilaba entre los seis y los quince milímetros.

Robar un tanque es una misión complicada. Mientras Lucas exponía su idea, la mayoría esbozaba una sonrisa.

—¿Tengo que recordaros que todo es posible si se tiene el plan adecuado?

—Perdona que me asombre Lucas —dijo conciliador Ignacio—, pero me parece mucho esfuerzo y mucho riesgo para casi nada.

—Cuanto más difícil e increíble sea lo que hagamos, mayor repercusión tendremos. —Lucas los hizo callar a todos—. El tanque está localizado, y la manera de recuperarlo es lo que os quiero contar. Sólo hace falta dinero, y un ejército de burócratas que haga todas las gestiones y falsifique todo lo que no podamos obtener legalmente. Con los restos de nuestras redes podemos completar un buen equipo. Y el grupo de acción lo contrataremos fuera. Con cuatro hombres tendremos suficiente.

El T-26 B que pretendían robar pesaba nueve toneladas y era incapaz de moverse por sí solo. Su motor de 8 cilindros, refrigerado por aire, ofrecía en su día 91 caballos de potencia. En carretera hubiera podido alcanzar 28 kilómetros por hora de velocidad máxima. Pero sus orugas, con ocho ruedas de rodaje en cada lado, hacía casi cuarenta años que no se movían. Cuando el tanque fue depositado en el museo militar ya no tenía ni gasolina ni aceite en ninguno de sus depósitos.

Lucas recurrió a Cosme para explicar los detalles.

—Lo sacaremos con una grúa. Por suerte el tanque, que sigue pendiente de restauración, está en el patio del museo, separado de la calle por un pequeño muro de escasos dos metros de altura. Habrá que hacerlo en cuestión de minutos. Hay que alquilar con documentación falsa una auto-grúa y comprar un camión mediano, de 20 toneladas de carga y caja abierta, para colocar el tanque y utilizarlo el día de la operación. Actuaremos siempre con matrículas dobladas. Habrá que organizar las suficientes maniobras de distracción para que a esa hora de la madrugada no haya policía fisgoneando. Cerraremos la calle por una supuesta obra en el alumbrado, pero el éxito depende de la rapidez con la que podamos efectuar el traslado de las nueve toneladas desde el patio hasta el camión. La auto-grúa la dejaremos allí; es demasiado lenta para escapar con ella. El camión deberá tener el permiso para circular de noche por la ciudad, y la carga deberá viajar oculta. Siguiendo la ruta adecuada tardaremos muy poco en salir a la autovía. De allí, volveremos a carreteras menos transitadas dependiendo de lo que puedan informar un par de vehículos lanzadera. Será mejor no tener que hacer muchos kilómetros. Alquilaremos una nave industrial a nombre de una empresa fantasma para esconder el camión y su carga. El tanque habrá al menos que repintarlo. Para ese día destinaremos uno de los reclutados a la conducción del camión.

—Dicho así —intervino Vidal— parece fácil. Pero si algo sale mal perderemos también la operación principal. Me parece arriesgado…

—Sí que lo es —apuntó Estelle con ironía—. ¿Tanto como organizar en Paris la Resistencia durante la ocupación nazi?

El argumento era irrefutable. Los ojos de Lucas brillaban por debajo de las gafas de gran miope. Todos los imaginaron asomando por la torreta, equipado de tanquista y saludando con el puño cerrado. Y decidieron hacerlo.

Tres semanas después, la prensa informo del extraño robo de un tanque en un museo militar:

> Desaparece un viejo tanque del Museo Militar. A primera hora de la mañana de ayer, el personal del Museo Militar advirtió la desaparición de un carro blindado de la Guerra Civil, que estaba expuesto en el patio exterior. El tanque, un T-26 soviético, adquirido por la República y posteriormente utilizado por el ejército franquista, carece desde hace decenios de utilidad militar. Desarmado y bloqueado, su único valor es histórico. Fuentes del Ministerio de Defensa afirman que debe tratarse de un robo, si bien se desconoce el método utilizado. Se ha abierto una investigación con el objeto de esclarecer lo sucedido.

***

DOCUMENTO N.º 11
Informe Dólar
Posición Suiza
Junio 1943
Implicación nazi en España
Para Zapata

El conglomerado de empresas que los nazis han creado en España, con el nombre de Sofindus, además de la explotación y transporte de miles de toneladas de wolframio, sirve para acoger, mantener y coordinar el espionaje alemán. El máximo responsable de Sofindus es Johannes Bernhardt, amigo por igual de Himmler y de Serrano Suñer.

El régimen franquista liquida parte de la deuda contraída con Alemania durante la guerra de España, con ese imprescindible mineral. Del complejo de Puras de Villafranca y Villagalija se extrae el manganeso que de manera legal o clandestina se exporta a Alemania. Actuar sobre dichas instalaciones, o sobre la red de transporte, menguaría la capacidad armamentística nazi.

Año 1943

El 7 de mayo de 1943, en el funeral del viejo camisa parda Víctor Lutze, Hitler dijo que Alemania ganaría la guerra gracias a los tanques y a los submarinos. Al día siguiente, la Luftwaffe abandonaba Túnez ante la superioridad aérea aliada. Y los tanques del Afrika Korps eran poca cosa sin cobertura aérea. Los alemanes ese mismo día perdían cinco submarinos en el Atlántico norte descubiertos por la tecnología aliada.

En el periódico podía leerse que el jefe del Estado estaba en Andalucía, donde el pueblo sevillano lo había despedido «con delirantes manifestaciones de adhesión y fervor patriótico». Así era el lenguaje político:

> El Caudillo sale de la capital andaluza entre clamorosas ovaciones y vítores.
> El entusiasmo del público crece por momentos y se han congregado en Málaga para recibir al Generalísimo miles y miles de personas. Trenes, camiones, coches de turismo y toda clase de vehículos llegan constantemente con camaradas de FET y de las JONS procedentes de todos los pueblos de la provincia.

A Ignacio Suescun, escondido hacía cuatro años, lo que realmente le interesaba era un pequeño anuncio de la página 11 que refería la pérdida de un perro lobo. Eso significaba en realidad que Jacinto, el correo que esperaba, llegaría esa misma semana.

Ignacio estaba al límite de sus fuerzas. Necesitaba abandonar la casa cuanto antes. Era incapaz de soportar el encierro. Lo que Ignacio no sabía era que su correo, hacía más de veinticuatro horas que estaba muerto. Lo habían matado en un pueblo cercano a Valencia, a las cinco de la mañana. La Ley de Fugas era un formulismo legal innecesario en un régimen que practicaba la eliminación del oponente político. «El volteo de las campanas anuncia el comienzo de una jornada inolvidable», decía el periódico relatando la visita del Caudillo.

Nadie salvo su esposa, supo que Martín García había muerto. Nadie salvo Dolores, conocía la razón que había llevado a Martín a la muerte. Al entierro de Martín García, sepultado en la zona indigna del cementerio parroquial, sólo acudió el enterrador municipal. Al día siguiente, su esposa Isabel, embarazada, fue avisada del fatal desenlace de su marido, y del lugar en el que yacía.

Martín García tenía 29 años y había nacido en Madrid. Sus dos hermanos mayores habían sido mandos en el Ejército Popular republicano, y uno de ellos seguía en el interior de Málaga resistiendo como guerrillero. Martín había sido conductor de ambulancia durante la guerra, y miembro del Directorio Secreto a las órdenes de Cosme. Desde el verano de 1939, trabajaba para una agencia de transportes, conduciendo un camión Leyland. Hacía diariamente la ruta Valencia-Barcelona, o viceversa. Martín alquiló para él y para su mujer, en las afueras de la capital del Turia, una pequeña planta baja. Allí, a un paso de la huerta y gracias al empleo de él, vivían de manera relativamente holgada para la época. Isabel había sido compañera del partido y del sindicato, antes de ser novia y esposa.

Murió a cinco kilómetros de su casa. Acababa de pinchar la rueda de su bicicleta Peugeot y una pareja de la Guardia Civil le dio el alto. Martín se puso nervioso y su intento de fuga resultó mortal. Tenía motivos para estar inquieto, pero iba desarmado. Martín García había pasado parte de la noche en casa de Dolores Sanmartín, una mujer de veintiocho años, que no era ni su amiga ni su amante. Era su contacto en una pequeña organización de la resistencia antifranquista, y por nada del mundo quería descubrirla. Martín García no llevaba encima nada que pudiera comprometerle.

Había memorizado una serie de letras y números. Martín siempre había tenido miedo de ser detenido y torturado, y no poder aguantarlo. Por eso, aunque muchas veces se había propuesto actuar con calma, esa fresca madrugada del 8 de mayo de 1943 intentó huir lanzando la bicicleta contra los guardias. Recibió dos disparos de bala por la espalda, antes de que pudiera doblar la esquina. Murió en cuestión de segundos.

Ignacio Suescun leía con ansia el periódico que le compraban sus ancianas anfitrionas; tías de su amigo Joan Riu. Los aliados habían entrado en Túnez y Bizerta. Las fuerzas del Eje estaban en retirada. En la sección que *La Vanguardia Española* titulaba «la Cruzada contra el Comunismo» se anunciaban «nuevos fracasos soviéticos», aunque era evidente que las cosas habían cambiado. Hacía ya dos meses que el Mariscal Paulus se había rendido en Stalingrado, donde casi un millón de personas habían perdido la vida.

A Martín García lo arrastraron por los pies hasta el cercano cuartelillo. El muerto llevaba encima su carnet de conducción, protegido en un porta carnet de la Escuela de Chóferes Nueva York de Barcelona.

Lo había dicho el capitán de España, según leía Ignacio en el periódico: «una norma de nuestro movimiento es ser parco en palabras, y hacer hablar a los hechos». Cuarenta mil falangistas habían desfilado ante el caudillo.

Martín, el único contacto de Ignacio con el Directorio Secreto, y casi con el exterior, estaba muerto. La situación se complicaba. Una de las ancianas estaba muy enferma, y su hermana tenía que atenderla en el hospital. Era previsible que antes o después, las ancianas no pudieran hacerse cargo de Martín. Las necesitaba para seguir escondido. Sin ellas tendría que huir sin ninguna perspectiva de éxito. No tenía dinero, no tenía documentación, no tenía dónde ir.

En ese tiempo Dolores malvivía en la España de Franco. A Salvador lo habían destinado a la Isla de Man, después de volver de Noruega. Vidal se dejaba apresar, y para su desgracia, era recluido en el campo de exterminio de Mauthausen. Lucas conducía un blindado de Leclerc, para el que también trabajaba Joan. Estelle estaba en París, militando activamente en la Resistencia. Cosme era el único, que desde Londres, o desde Nueva York, trabajando para los servicios de inteligencia aliados, tenía posibilidades de organizar el rescate de Ignacio. La caída de Martín suponía un grave inconveniente. Lo único que Dolores pudo averiguar unos días después, fue que de madrugada habían abatido un maquis en el pueblo. Sabía que era él; había visto en un pequeño reservado del cementerio una tumba reciente, con la inscripción «MG» en un pequeño azulejo, colocado sobre el enterramiento.

La muerte de Martín García dejaba a Dolores sin contacto directo con el Directorio Principal. En ese caso, el procedimiento establecía el envío de una tarjeta postal con un mensaje en clave:

Querida hermana: la playa en Valencia es muy bonita. Yo la noto fría, aunque sabes que soy calurosa.

Valencia la identificaba a ella, y playa a Martin; la referencia al frío significaba muerte.

He tenido carta de la prima de Barcelona; dice que tiene muchas ganas de venir.

La prima de Barcelona era Ignacio, y las ganas de venir significaban que la situación era límite.

***

Dolores había conseguido recuperar el contacto con media docena de compañeras de sindicato que, milagrosamente, no habían sido encarceladas ni fusiladas. A través de ellas obtenía informaciones de diferente tipo e importancia que ella transmitía a Martín García. Martín le hacía llegar las instrucciones del Directorio Principal y también alguna carta personal de Cosme. Eso la mantenía viva; se sentía políticamente activa, aunque fuera por poca cosa. La segunda vez que Martín acudió a su casa, siempre de madrugada, y entrando y saliendo por el corral trasero, se le indico cuál era la dirección a la

131

que tenía que remitir tarjeta postal en caso de emergencia, utilizando un código que memorizó. Y eso hizo.

A principios de junio de 1943, Cosme recibió, gracias a la valija diplomática americana, la postal de Dolores. Fue entonces cuando decidió actuar. Lo primero que hizo fue comunicar a su superior las dificultades que había sufrido su red de información. No se le pidieron más explicaciones. No tuvo problemas para enviar una persona al domicilio de las tías de Joan, y dejar por debajo de la puerta un sobre con instrucciones para Ignacio: «Te sacaremos y te llevaremos a Suiza», venía a decir el mensaje cifrado.

La respuesta de Ignacio, que escribió en tarjeta postal, y mandó al correo gracias a las tías de Joan, era clara:

La casa no permite alargar la estancia. Os agradecería queridos primos, me dierais una solución definitiva.

Ignacio no disponía de medio alguno para escapar. No tenía documentación. Era uno de los muchos que buscaba la policía franquista. No tenía dinero, ni por supuesto pasaporte para salir de España. Y no tenía dónde ir.

***

Cosme recibió la llamada de su contacto en Suiza, apremiándole para la cita. Se vieron en un lugar previamente convenido. Cosme y el miembro de los servicios secretos británicos subieron a un coche y hablaron sentados en el estrecho asiento trasero, mientras el conductor recorría las calles de Ginebra. El automóvil era un discreto Renault Juvaquatre de 1939. El inglés necesitaba confirmar si las autoridades franquistas habían facilitado a los nazis unos documentos secretos encontrados junto a un Mayor que no llegó a su destino. No se le dieron más detalles, ni más explicaciones.

—Está bien —dijo Cosme—. Movilizaré todos mis recursos, pero es un poco precipitado.

Un suizo atravesó Francia y entró en España por Canfranc, gracias a su salvoconducto de empresa. En Madrid contactó con una guapa joven, militante sindical, que mantenía relaciones con uno de los asistentes del ministro de Marina. A finales de junio, el suizo informó finalmente en sentido positivo. A mediados de julio, Cosme comprendió que había sido utilizado como parte de la trama. Pero el dinero obtenido permitió a la joven exiliarse en Argentina; al suizo engordar su protegida y secreta cuenta corriente, y a Cosme sonreír satisfecho.

```
DOCUMENTO N.º 12
Informe Dólar
Posición Suiza
1 de julio de 1943
Implicación franquista
Para Tudor
```

```
Franco ha sido informado por altos mandos del ejér-
cito y la policía secreta de los planes aliados para
una operación de distracción en Sicilia. Se desconoce
la fuente, pero se ha trasladado a las autoridades ale-
manas dicha información, obtenida al parecer de manera
casual.
```

Año 1944

A principios de 1944, Ignacio recibió la visita de su contacto. Una de las ancianas estaba muy enferma; la habían trasladado desde el hospital para que pudiera morirse en su casa. Aun así, Ignacio pudo recibir a un hombre extranjero, de más de sesenta años, que le hizo fotografías y le dijo lo que sabía, y estaba autorizado a decir.

El plan contemplaba el desplazamiento de Ignacio desde Barcelona a Canfranc en autobús; mezclado con una delegación suiza. Se le entregaría pasaporte original de ese país y viajaría legalmente en tren, desde Canfranc, destino Francia primero, y Ginebra después.

Por Canfranc, el III Reich traficaba secretamente con oro para pagar el wolframio y el hierro que necesitaba para su industria armamentística. Desde noviembre de 1942, los nazis habían ocupado la totalidad de Francia, incluido el paso por Canfranc, que no obstante seguía siendo utilizado por evadidos de todo tipo. Algunos huían del trabajo obligatorio que instauraron los nazis; otros eran militares, o aviadores derribados sobre Francia; también habían antifascistas y judíos.

—Tu documentación —le hizo saber el visitante a Ignacio—, te acreditará como empleado de la empresa suiza Richtchard, que es la que gestiona el blanqueo del oro alemán.

En el otoño pasado, a la policía nazi se le había escapado un aduanero francés, que comandaba una de las redes de espionaje que funcionaban a ambos lados de la frontera. Era colaborador de la OSS y Cosme lo conocía muy bien.

***

A principios de 1944, Cosme dictaba a su secretario los detalles de la operación. La flamante máquina Remington escribía sin pausa.

—Canfranc, a orilla del río Aragón, está situado en el Pirineos aragonés, a veinte kilómetros de Jaca y siete de Francia. A más de mil metros de altura sobre el nivel del mar, el clima es de alta montaña, y se producen constantes heladas hasta bien entrada la primavera. Tiene censados más de mil quinientos habitantes. La Estación está situada en un antiguo prado comunal llamado Los Arañones. Se necesita un permiso especial del Gobierno Civil de Huesca para acceder a la zona.

El secretario de Cosme era una persona de máxima confianza. Pero era mucho más que un secretario. Había sido miembro del Deuxième Bureau francés; el servicio de información militar oficialmente disuelto tras la caída de Francia en 1940.

—La Estación —continuó dictando Cosme— comprende el edificio principal, los muelles para el transbordo entre trenes, y un depósito para las máquinas. Todo construido con cristal, cemento y hierro. El edificio de pasajeros consta de tres partes: una central con el vestíbulo y las taquillas. En las partes laterales se encuentran la aduana, la comisaría, la oficina de correos y un hotel. Existen pasos subterráneos que comunican las diferentes zonas.

Se habían dibujado planos precisos de la zona, del pueblo y del edificio, que se adjuntarían al informe que se entregaría al responsable de campo de la operación.

—El tráfico de mercancías ha crecido considerablemente —continuaba dictando Cosme—. Se calcula en quinientas mil el número de toneladas que anualmente se transbordan en los andenes. Existe constancia del tráfico de oro suizo, con el que los nazis pagan los minerales que importan de España. Se adjuntan informes detallados sobre la empresa HISMA, utilizada por los nazis para comprar derechos de explotación de minas.

***

Ignacio se despidió emocionado de las dos ancianas, que lo habían acogido más de cinco años. Una de ellas estaba postrada en la cama. Pero abrió los ojos para besar las manos de Ignacio, que fue incapaz de contener las lágrimas.

—Ahora puedo morirme tranquila. Y doy gracias a Dios por haberte traído.

—Bienaventurados los perseguidos por causa de la justicia, porque de ellos es el reino de los cielos —apuntó la otra anciana.

—No tengan duda que le daré recuerdos a Joan —acertó a decir Ignacio, con voz temblorosa.

Faltaban pocos minutos para las seis de la mañana, de un lunes 23 de abril. Ignacio quería manifestar a sus dos anfitrionas todo su agradecimiento, que era mucho y sincero. Pero tenía un nudo en el estómago, que le oprimía el pecho y la garganta; que apenas le permitía respirar. Por eso no pudo decir nada.

Vestido con la ropa que le había traído su contacto, salió a la calle justo a la hora que le habían indicado. Se secó las lágrimas y encendió un cigarrillo. En ese mismo instante vio venir el lujoso Büssing Nag de dieciséis plazas. Estaban todas ocupadas menos la suya. Tal y como se le indicó, saludó al conductor diciendo «Buenos días Jaime», que contestó «Buenos son, señor Reichel». Ignacio se sentó colocando la pequeña maleta que llevaba entre sus piernas.

El autobús cubicaba tres litros y ofrecía 65 caballos de potencia. Llevaba matricula suiza y todos los permisos para viajar por España, incluidas las provincias con restricciones militares. Había entrado por Portbou y dejado en Barcelona uno de los dieciséis pasajeros, cuya documentación usaba ahora Ignacio con aparente legitimidad. A Ignacio le esperaba un viaje de doce horas llamándose Alexander Reichel. Durante los últimos meses pasados en Barcelona había intentado aprender de memoria unas cuantas frases en alemán, por si resultaba necesario justificar su origen en un control. Finalmente decidió sufrir una afonía grave, que evidenciaba cubriéndose cuello y boca con una tupida bufanda. En los tres controles en los que el autobús fue detenido, sólo el conductor hablo. Ignacio sudaba.

El autobús sólo hizo otras dos breves paradas durante el trayecto. Los pasajeros y el conductor comieron y bebieron sin levantarse de los asientos. Nadie hablaba con nadie, aunque compartían bebida y comida. Estaba claro que ninguno de todos era un simple empleado de una empresa suiza con oscuros intereses en España.

Llegaron de noche. Poco antes del pueblo de Canfranc, enfrente de una casa de piedra y madera, el conductor llamó a Ignacio por su nombre suizo para que bajara del autobús. Así lo hizo Ignacio, sin que nadie lo mirara directamente a los ojos. El autobús continuó viaje. Un instante después, un hombre de apenas medio metro de estatura, lo abordó para invitarle a entrar. Una vez dentro de la vivienda, el que se presentó como Faustino, le sirvió una cena compuesta por caldo y pan. Mientras le entregaba una botella de vino le dijo:

—Mañana vendrán a por usted un hombre y una mujer de su empresa. Ellos le dirán.

Faustino se marchó sin mediar más palabra. Así fue al día siguiente. El hombre y la mujer llamaron a la puerta a las ocho de la mañana. Preguntaron por Alexander con acento extranjero y se identificaron como empleados de Richtchard. En un Citroën negro lo llevaron hasta la estación de Canfranc. Allí le indicaron que subiera al tren que estaba a punto de partir con destino a Francia. Dos horas después, Ignacio cambiaba el tren por un automóvil que lo llevaría sin más sobresaltos hasta Suiza. Así de fácil fue, pensaba Ignacio, que desconocía lo que estaba sucediendo en Canfranc. Su rescate había sido una pequeña operación marginal dentro de otra de mayor calado y trascendencia, que ni tan siquiera Cosme podía suponer.

```
DOCUMENTO N.º 13
Informe Dólar
Posición Suiza
Dos de mayo de 1944
Sucesos Canfranc
Para Zapata
```

```
Operación rescate finalizada sin contratiempos. Una
vez superada la frontera se produjo un gran incendio en
Canfranc. Según la versión oficial, el fuego se inició a
las cinco de la tarde en un domicilio particular, pro-
vocado por una chispa de chimenea, que el fuerte viento
y el tipo de construcción propagaron rápidamente. 117
```

de las 132 casas del pueblo han sido destruidas, calculándose en más de seis millones de pesetas el valor de lo arrasado por el fuego, que acabo extendiéndose a los montes cercanos. Se argumenta que el heno acumulado en los establos, y fundamentalmente el fuerte viento, ha acelerado el incendio de las casas, que aunque tienen el interior de madera, están construidas con piedra y pizarra. Se ha podido salvar del incendio parte de la documentación depositada en el ayuntamiento. Desde las 9 de la noche no se disponía de conexión telefónica.

Existen no obstante testimonios contradictorios, que sugieren investigar en mayor medida una posible implicación del espionaje nazi en lo sucedido.

***

El 21 de agosto de 1944, el Comité Parisino de Liberación, la Resistencia, publicó el manifiesto redactado por Estelle:

> Parisinos. La insurrección del Pueblo de París ya ha liberado a numerosos edificios públicos de la capital. Ya hemos obtenido así una primera gran victoria. La lucha continúa. Debe proseguir hasta que el enemigo sea expulsado de la región parisina. Más que nunca, todos al combate. Responded a la orden de movilización general. Uníos a las FFI. La población debe, por todos los medios, impedir los movimientos del enemigo. Derribad los árboles, excavad fosos antitanque, levantad barricadas. Es un pueblo victorioso el que recibirá a los Aliados.

Poco antes de las nueve y media de la noche del 24 de agosto de 1944, mil novecientos treinta y un días después de que los alemanes desfilaran victoriosos por París, una avanzadilla de la 2.ª División Blindada aliada, compuesta por tres tanques Sherman y seis vehículos blindados, franquearon la Puerta de Italia con dirección al Sena. Habían venido por la estación de Austerlitz, con dirección a los muelles de la ribera derecha, y se pararon delante del símbolo de las libertades municipales de París: el Hôtel de Ville.

Allí estaba de nuevo el ejército francés, en la capital de Francia; en realidad una avanzadilla de la 2.ª División Blindada, perteneciente al V Cuerpo de Ejército americano. Esa división era, con diferencia, la más heterogénea de todas las que comandaba Dwight Eisenhower: franceses que nunca habían pisado Francia; árabes que desconocían el idioma de su metrópoli colonial; negros del Camerún y del Chad; tuaregs del Sáhara; libaneses, mexicanos, chilenos, y antiguos soldados del ejército popular republicano. Uno de ellos era Lucas Nieto.

***

Joan Riu nació en Barcelona en 1908, y murió cerca de Paris en 1944. No sintió su final porque la bala de un francotirador alemán lo mató al instante. Joan era miembro del Servicio de Información de la 2.ª División Blindada que comandaba Leclerc. Acababa de bajar del *jeep* que conducía un cabo, puesto a su servicio como conductor y especialista en comunicaciones. Joan bajó del modelo fabricado por la Ford, levantando las piernas y dando un pequeño salto. Sabía de sobra que no debía quedarse quieto en zona de fuego. Pero lo hizo. Fue como si se hubiera quedado paralizado de repente. Un francotirador alemán observaba la escena desde su atalaya. Estaba tumbado encima de un tejado casi plano. Durante un par de segundos tuvo a Joan en el centro de su mira telescópica; después apretó el gatillo acertando en la misma sien.

Desde Ecouché, donde murió Joan Riu, a doscientos kilómetros de París, dos mil vehículos habían avanzado por las estrechas y sinuosas carreteras de Normandía. Muchos franceses los esperaban como libertadores. Ninguna de las tres columnas encontró al principio resistencia, a no ser por las mujeres que saltaban a los estribos de los camiones, o les inundaban de flores, frutas, vino, besos, y lágrimas de alegría. La mágica atracción de la torre Eiffel reforzaba el espíritu de los libertadores. Muchos de los que tanto se apresuraron, fueron enterrados en los cementerios de los pueblos que conducen por mil caminos a la capital.

En esa noche de la liberación, todo era alegría. Pero Lucas Nieto, enterado de la muerte de Joan no quiso celebrarlo con nadie. El fluido eléctrico fue restablecido milagrosamente, y los receptores de radio funcionaban a todo volumen anunciando que el gran día había llegado. Se abrían los postigos de las ventanas, se recitaban versos de Víctor Hugo, y cientos de miles de gargantas y altavoces entonaban *La Marsellesa*. Después fueron todas las campanas de París las que rompieron el silencio que habían mantenido durante cuatro años. La primera en hacerlo fue la campana mayor de Notre-Dame, contestando la Saboyarde del Sacré-Coeur. Después los cien campanarios de la ciudad hicieron llorar de emoción y gozo a todos; a todos menos a los que habían colaborado con los alemanes. A mediodía del día siguiente, se izó en lo alto de la torre Eiffel la bandera arriada en junio de 1940.

Las escenas de alegría por la liberación, eran en Europa occidental muy comunes durante los últimos meses. Pero los primeros soldados que pisaron París, no pudieron celebrar nunca la liberación de su propia tierra. El París ocupado albergaba, después del desembarco de Normandía, una resistencia casi imparable. En semejante correlación de ánimos, es comprensible que el conglomerado de organizaciones que se oponían a la ocupación alemana, pretendieran liberarse por sus propios medios. Rol Tanguy era el jefe de la Resistencia en París. El coronel era un viejo conocido de Cosme por haber sido Comisario político de las Brigadas Internacionales.

Año 1945

A las dos de la tarde del día 5 de mayo de 1945, los tanques americanos traspasaron la puerta del campo de exterminio de Mauthausen. Una enorme multitud de esqueléticos seres y una pancarta, les daban la bienvenida:

«Los españoles antifascistas saludan a las fuerzas liberadoras».

La terrible experiencia de Vidal en los campos de exterminio nazi, comenzó al ser capturado por la Gestapo en Paris, en 1943. La detención de Vidal había sido planificada partiendo de una información falsa. Un agente doble, supuestamente miembro de la Resistencia francesa, le hizo llegar una orden falsa, según la cual, todos los detenidos por la Gestapo en París serían remitidos al mismo campo en el que ya estaba recluido Largo Caballero. Ese era el primer objetivo de una misión, prácticamente suicida, que pretendía organizar una posible fuga.

Vidal fue detenido, interrogado y torturado, pero enviado al campo de Mauthausen y no al de Sachsenhausen, donde casi doscientos españoles compartieron cautiverio con el organizador del Directorio Secreto de Información. Al grupo de campos de concentración conocidos como Mauthausen-Gusen, situados a una veintena de kilómetros de la ciudad austriaca de Linz, llegaron a partir de agosto de 1940 republicanos españoles a los que el Gobierno de Francisco Franco negaba su nacionalidad.

Antes de que llegara la 11.ª División Acorazada norteamericana para liberarlos, los prisioneros obtuvieron por la fuerza el control del campo de exterminio. Se había organizado y dispuesto una red de intérpretes, imprescindible para que personas con lenguas tan distintas y variadas pudieran comunicarse con las tropas aliadas. Vidal era una de esas personas, y como tal pasaría los siguientes días junto a un teniente norteamericano de escasos veinte años.

—Nos ha impresionado el desfile de bienvenida que han organizado —repetía una y otra vez el joven militar neoyorquino.

—Mejor hubiera sido evitar el desfile de bienvenida que nos dispensaron los nazis —Vidal se expresaba con un hilo de voz, que salpicaba con abundante tos. El norteamericano estaba dispuesto a esperar.

Al teniente le correspondía escribir para el alto mando, un informe preliminar sobre Mauthausen.

—Me internaron en 1943, después de un viaje infernal en uno de esos trenes que los alemanes llamaban de la muerte. Cuando abrieron las puertas del vagón de ganado, algunos ya estaban muertos. Nos esperaba una nutrida guarnición de tropas SS que sujetaban perros tan asesinos como ellos. Eran fanáticos que si te caías, te levantaban del suelo a culatazos o te remataban allí mismo. Tuve suerte al tropezar y salir vivo, porque en ese mismo momento, otro desgraciado compañero intentó escapar de la fila. Fue acribillado al instante, y después los perros se cegaron con su sangre y lo despedazaron. Los nazis parecían divertirse con la escena; eso me salvó. —El militar trago saliva y encendió nervioso un cigarrillo con la colilla del anterior, que ofreció a Vidal, que hacía más de dos años que había dejado de fumar obligatoriamente—. Vinimos andando, y lo primero que vi fueron esos altos muros de piedra gris y el águila de la puerta sujetando con las garras la cruz gamada.

—¿Cuándo se fueron los nazis? —preguntó el americano.

—Ayer por la noche ya no estaban. Dejaron en su puesto a los guardias austriacos. En cuanto nos dimos cuenta de la situación los acosamos y se rindieron. Seguramente de miedo, al ver tanto cadáver andante.

—¿Qué necesita? ¿Qué puedo ofrecerle? —insistió el norteamericano, deseoso de satisfacer a su interlocutor.

—Lo único que me gustaría tener es silencio y tranquilidad. —Vidal se expresaba lentamente, buscando la palabra inglesa precisa para manifestar lo que sentía—. Hace más de dos años que intento dormir, pero me acuesto rodeado de lamentos, de quejidos, del último grito de los que mueren. Muchas noches, los capos nos gritan para satisfacer a los SS, y otras, son ellos mismo los que entran en el barracón para patear al prisionero que les viene en gana. No he tenido ni una sola noche de descanso. Esta noche quisiera silencio; silencio absoluto. Eso es lo que quiero.

—No se preocupe —contesto el teniente—; eso no es problema. Tengo un coche a mi disposición y lo llevaré a dormir donde usted me diga. Pero necesito que me cuente todo lo que considere de interés para mi informe. ¿Cómo han podido resistir este horror?

—Resistir —Vidal esbozo una ligera sonrisa, desdentada—; ese era el método para seguir viviendo. La mejor manera de combatir a un enemigo tan cruel es seguir vivo. Cada mañana, cada día en la cantera, cada vez que encendían el horno crematorio, la consigna era seguir vivo. Ha sido la batalla más dura que he librado. —Vidal continuó hablando durante horas, incapaz no obstante de ordenar su discurso.

El joven teniente anotaba en una pequeña libreta todas las cosas que creía relevantes:

—Todos los prisioneros llegados al campo, sin excepción, eran distinguidos con el uniforme rayado y un símbolo que identificaba su condición o nacionalidad. Los primeros prisioneros, la mayoría comunes, eran alemanes y austriacos, y fueron destinados al control del resto de presos que progresivamente fueron llenando los campos. Llevaban un triángulo verde cosido a la altura del pecho; los homosexuales un triángulo rosa; los asociales, el negro; los objetores de conciencia, el violeta; los judíos, la estrella de David; los políticos de nacionalidades varias, el rojo, y una letra indicando su país de origen.

Mauthausen era en realidad un complejo de campos, con diferentes actividades: cantera, fábricas de armamento, explotaciones agrícolas y ganaderas, todas con trabajo esclavo. Las condiciones impuestas provocaron el exterminio sistemático de la fuerza de trabajo empleada. El granito extraído en condiciones infrahumanas era destinado a pavimentar calles de Viena y a reconstruir algunas de las principales ciudades alemanas. Los primeros prisioneros eran delincuentes comunes; desde el verano de 1940 empezaron a llegar prisioneros políticos. A finales de 1941 llegaron grandes contingentes de prisioneros de guerra soviéticos, los primeros en ser asesinados masivamente en las cámaras de gas. De los doscientos cincuenta mil prisioneros que posiblemente pasaron por el complejo de campos de Mauthausen, seguramente la mitad fueron asesinados directamente, o perdieron la vida como consecuencia de las condiciones impuestas. Hay constancia de la presencia de un movimiento de resistencia organizado entre los prisioneros. Fue Vidal quien informó a los Servicios Secretos aliados de la existencia de fotografías.

—En el campo de exterminio de Mauthausen, como en tantos otros, se podía morir de diferentes maneras: recluido en una celda de castigo en la que no se recibía ni comida ni bebida; azotado veinticinco, o más veces si el prisionero equivocaba la cuenta en alemán; trabajando en la cantera cargando con piedras de veinte kilos que se debían subir 186 peldaños; gaseado en una instalación inmueble; gaseado en un camión con el tubo de gases dirigido al interior; de hipotermia debajo de una ducha de agua helada; tiroteado individual o colectivamente; en un experimento medico; sangrado; ahorcado; de inanición; o fusilado.

```
DOCUMENTO N.º 14
Informe Leonardo
Posición Linz
20 de mayo de 1945
Pruebas Mauthausen
Para Zapata
```

```
    El prisionero Francisco Boix Campo, ha obtenido y
preservado numerosas fotografías del horror sufrido
en los campos de exterminio de Mauthausen-Gusen. El
citado, destinado en el laboratorio fotográfico, fue
militante de las JSU y combatiente en la guerra de Es-
paña. Las fotografías, que ha ocultado con evidente
riesgo, muestran además de la extrema crueldad sufrida,
```

el rostro de numerosos criminales, incluyendo al propio Himmler. Francisco Boix mantiene contactos con círculos cercanos al Partido Comunista Francés, y sin ningún género de dudas pueda aportar las referidas imágenes, así como su propio testimonio, en el proceso que para depurar responsabilidades criminales se pueda emprender.

***

A mediados de mayo de 1945, Dolores comparó en su informe lo publicado en periódicos de distinta fecha.

> 15 de junio de 1940. En las primeras horas de ayer, Alemania se posesionó de París. Valencia expresa su fe y adhesión al Caudillo, fundador del Imperio...; una imponente manifestación que recorrió las principales calles de la ciudad a los gritos de ¡Franco!...; los miles de manifestantes, camisas azules... vitorearon a Hitler y al Duce.

Era consciente que la derrota alemana dejaba a Franco en una situación delicada. La propaganda se esforzaba en disfrazar el pasado.

> 1 de mayo de 1945. Es inminente la paz. España, ante el deseado acontecimiento, siente un júbilo emocionado. La paz es la culminación de sus esfuerzos, durante cerca de seis años, para mantener una neutralidad sincera y digna.

> 8 de mayo de 1945. Por todas partes se comenta con alegría el restablecimiento de la paz en el continente y el agradecimiento al Generalísimo Franco, Caudillo providencial de España, que ha salvado al país de los dolores de la guerra, con su política de estricta neutralidad seguida durante seis años. El Caudillo, no es entusiasmo lírico de nuestra pluma, sino verdad honda que llega al entendimiento por vía misteriosa, parece elegido por la benevolencia de Dios. Cuando todo eran turbiedades, él vio claro en el paisaje del mundo, que comenzaba esta tremenda guerra de seis años... vio claro y distante, y sostuvo y defendió la neutralidad de España, contra las más varias insinuaciones, contra las presiones solapadas o desnudas....

El Día de la Victoria en Europa, Dolores había podido escuchar en su radio clandestina una voz lejana y distorsionada por el ruido de fondo, que era la de Churchill, anunciando la rendición de Alemania. Media hora más tarde se dijo que la Cámara de los Comunes había dedicado al Primer Ministro un aplauso histórico. En el balcón del palacio de Buckingham, acompañado de los reyes y las princesas, Churchill, ovacionado durante interminables minutos, mostraba para júbilo de los muchísimos congregados, la señal de la victoria. Éste había dicho, dirigiéndose al mundo entero, lo siguiente:

> *Dios os bendiga. Esta es vuestra victoria; la victoria de la causa de la libertad en todos los países. En toda nuestra larga historia no ha habido jamás día más grande que éste. Todos, hombres y mujeres, han contribuido como mejor pudieron; todos trataron de contribuir. Ni los largos años, ni los peligros, ni los ataques del enemigo lograron quebrantar la actitud de independencia y decisión de la nación británica. Dios os bendiga a todos.*

Esa noche, en Europa se encendieron todas las luces que la guerra no había conseguido destruir. Las principales calles y plazas estaban llenas de personas con banderas, cantando, bailando, brindando con cualquier desconocido. En París habló De Gaulle, después de voltear al mismo tiempo todas las campanas de Francia. Las cornetas tocaron el alto el fuego y se dispararon salvas en honor de la victoria. En Nueva York se escucharon las palabras del presidente Truman; las sirenas sonaron sin tregua y en las principales avenidas se lanzaron serpentinas desde los pisos más altos, hasta oscurecer el cielo e inundar el suelo de papelitos de color. En España ese día se vio ondear las banderas de los países aliados al lado de las del régimen. El primado felicitó al Caudillo por su política de neutralidad y dio las gracias a Dios por haber librado a España de la guerra.

Dolores insistía en su informe sobre la implicación de la España de Franco con los ahora derrotados. El recorte del Arriba de junio de 1941, que adjuntaba en su informe, contenía las declaraciones de Ramón Serrano Suñer, ministro de Exteriores y presidente de la Junta Política:

Camaradas, no es hora de discursos. Pero si de que la Falange dicte en estos momentos su sentencia condenatoria: ¡Rusia es culpable! Culpable de nuestra guerra civil. Culpable de la muerte de José Antonio, nuestro fundador. Y de la muerte de tantos camaradas y tantos soldados caídos en aquella guerra por la opresión del comunismo ruso. El exterminio de Rusia es exigencia de la historia y del porvenir de Europa.

Las declaraciones del régimen en aquel momento eran inequívocas. Dolores tenía anotado lo que en Radio Nacional había declarado, en octubre de ese año, el cuñado del Caudillo.

Por todo esto es por lo que está en Rusia una división de voluntarios españoles, una División Azul, en la que figuran nuestros más entrañables camaradas, que combaten valerosa y conscientemente, junto a sus viejos camaradas alemanes e italianos, a quienes conocieron en las montañas de Santander, en las tierras de Aragón, junto a las riberas del Ebro, con otros nuevos, con quienes nos unen lazos de sangre, de fe o de ideales idénticos; los valerosos finlandeses, los húngaros, rumanos y eslovacos. La victoria está próxima y ya es inminente. La justicia divina amenaza implacable a la horda que desterrara al Cristo de los corazones humanos. Y está próximo el día en que aplastado para siempre el horror bolchevique, la Historia recobre su cauce de trabajo y cultura, despertando de la trágica pesadilla de que Rusia es culpable.
¡Viva Franco!
¡Arriba España!

Dolores añadió a su informe lo que a través de varios soldados reclutados para la red creía saber:

En el ejército franquista todo es apariencia. No hay botas ni para celebrar los desfiles de la victoria. Los militares son el verdadero sostén del régimen, pero

no suponen una oposición seria para una fuerza inva-
sora. Lo que se exhibe en los desfiles militares sólo
tiene significado político interior.

***

Salvador fue liberado de su obligada residencia a principios de diciembre de 1945. Ese mismo mes viajo de Inglaterra a Oostende, cruzando primero toda la isla en coche, y luego el Canal a bordo de un transbordador. Había pasado casi cinco años internado, por algo parecido a fatiga de combate, en la isla de Man. Allí se habían instalado campos de internamiento para extranjeros, de países con los que la Gran Bretaña estaba en guerra. No era estrictamente su caso, pero Salvador necesitaba de un permiso especial para poder abandonar la isla, que por supuesto no le concedieron durante casi cinco años. Salvador era, paradójicamente, el responsable del control administrativo de los internados. Él también tenía ficha. Salvador fue declarado incapaz para el servicio militar al volver de Noruega. Lo habían herido en la cabeza; estuvo inconsciente una semana. Cuando salió del hospital, en el verano de 1940, fue directamente llevado a la isla de Man. En Douglas, que es la capital, tenía a su disposición una habitación en una casa de huéspedes. En la casa le suministraban dos comidas y el desayuno a cargo del Ministerio. Salvador prestaba sus servicios a escasos doscientos metros de distancia. Cuando en 1945 pisó tierra francesa llevaba en su bolsillo unos cuantos chelines ingleses y unos pocos peniques. Eran su pequeño regalo para Lucas.

A Salvador lo recibió Ignacio en el mismo puerto. Se abrazaron unos cuantos minutos antes de subir al coche. El vehículo había sido requisado al ejército alemán; era un Volkswagen Kübel con motor de gasolina, cuatro cilindros y escasos 25 caballos de potencia. Le habían eliminado todas las marcas e insignias propias de su origen militar. Los dos hombres, emocionados, viajaron en absoluto silencio. Sin decirse nada. Ignacio vivía en Suiza desde que consiguió huir a Francia por Canfranc. Trabajaba en la tienda de un zapatero, que además de ser socialista, lo alojaba en su casa y le pagaba un salario. Mientras duró la guerra, Ignacio vigiló alemanes por encargo de los británicos. Hacía unos cuantos meses que no le encargaban vigilancia alguna, pero le seguían pagando en valiosos francos suizos.

Llegaron a la casa en cuestión de minutos. Ignacio acompañó a Salvador a su habitación.

—Vamos a comprar la casa. Será para el Creador, si quiere vivir aquí. Con lo que hemos ganado trabajando para los aliados nos sobra —el tono de Ignacio era amigable y cariñoso.

—Bueno, yo últimamente no he trabajado mucho —Salvador había estado ausente de funciones desde su último informe antes de partir para Noruega.

—Mientras tú arriesgabas la cabeza en Narvik, yo estaba calentito en el altillo de las tías de Riu —dijo figurando taparse con una manta hasta la nariz.

Ambos rieron y Salvador, más relajado, descargo su mochila encima de la cama.

—Te espero a la hora de cenar. Esta habitación tiene baño propio. Ponte a remojo con un frasco de sales entero, que hueles a mantequilla inglesa.

A la hora de cenar llegaron Vidal y Estelle, desde Paris. Habían tardado todo un día en recorrer los poco más de trescientos kilómetros que separan Oostende de la capital de Francia. Habían pasado unas semanas en la misma casa en la que habían vivido juntos varios años durante la ocupación nazi. Cosme y Lucas llegaron a la cena del día siguiente. Cosme, a bordo de un avión militar primero y un transporte terrestre después, hasta la misma puerta; y Lucas, cruzando Francia y Bélgica en tren durante dos días. Dolores, que seguía en España, no tenía ninguna posibilidad de acudir. Los seis miembros del Directorio Principal permanecieron en Oostende hasta principios de abril. Habían llegado con la intención de entrevistarse con Largo Caballero en Paris y se marcharon después de enterrarlo. Aun así compraron la casa.

Una de esas mañanas de diciembre de 1945, lluviosa y fría, Cosme y Vidal viajaban con el Volkswagen Kübel, empapados y ateridos, en busca de su contacto con los servicios secretos franceses. Habían dormido en Argentan, o por lo menos lo habían intentado, acostados en dos pequeños colchones de una pensión con restos del fuego artillero. El desayuno no había sido precisamente opíparo: sucedáneo de café y unas ennegrecidas tostadas que embadurnaron con restos de mantequilla rancia. En diciembre de 1945, los pueblos de Francia tenían muy visibles los efectos de la guerra pasada. Las ruinas, la escasez, y los colaboracionistas, abundaban por toda Francia. Por Falaise llegaron a la destruida Caen. Atravesaron Bayeux, Carentan y Ste. Mère Eglise antes de llegar a Cherburgo.

Allí les esperaba un francés enviado por un jefe de la antigua Resistencia parisina, que sin mediar palabra les entregó un sobre con dólares, otros con instrucciones, y los documentos de propiedad de la casa de Oostende. Al francés, extremadamente delgado y malcarado, le entregaron el Volkswagen; y éste a su vez les proporcionó un vetusto Citroën rana de antes de la guerra, con el que tardaron dos días en recorrer los seiscientos kilómetros que les separaban de Oostende. Cinco veces tuvieron que enseñar sus salvoconductos, expedidos por la más alta instancia del Gobierno provisional de Francia.

La casa era una pequeña mansión de dos alturas, con ocho habitaciones, cuatro cuartos de baño, un gran salón, una enorme biblioteca y una espaciosa cocina. Había sido habitada durante la ocupación por un jerarca nazi que apresó y mando gasear a sus legítimos y judíos propietarios. Después de la victoria aliada en Europa, la vivienda fue requisada por un destacado dirigente de la Resistencia, quien a su vez recibió la orden de venderla a un determinado grupo de españoles, a quienes se les debía agradecer los muchos servicios prestados.

Cosme y Vidal bajaron penosamente del Traction Avant de Citroën entumecidos por el viaje. El inmenso verde que vieron frente a la casa de ladrillo rojo les iluminó la cara; se olía el mar, la hierba mojada y el humo de la estufa de carbón del interior. El frío y el sonido del viento invitaban a entrar.

En la Conferencia de San Francisco de la ONU, en junio de 1945, la España de Franco fue condenada por su origen, naturaleza y alianzas durante la guerra recién concluida en Europa. En diciembre de 1945, era concretamente el gobierno francés quien había propuesto una acción internacional contra la dictadura franquista. A principios de 1946, el país galo suspendería las relaciones comerciales y cerraría las fronteras.

De la implicación del régimen franquista con el Eje había informado el Directorio con todo detalle a los Aliados. Nadie podía negar la connivencia, por mucho que la propaganda franquista se aferrara al argumento anticomunista.

La situación del Directorio Secreto de Información en diciembre de 1945 era, en términos operativos, bastante buena. Desde la detención de Largo Caballero por la Gestapo en febrero de 1943, habían actuado como agencia libre. El grupo tenía informadores en Inglaterra, Francia, norte de África y España. La baja de Vicente Coll como miembro del Directorio principal había sido cubierta por Estelle Maheu. En la casa de Oostende se alojaron casi medio año Cosme, Salvador, Estelle, y Vidal, que seguía arrastrando achaques de su mortífera estancia en Mauthausen.

—Sigo sin explicarme que pudiera salir vivo de allí. Muchos días me despertaba deseando que fuera un mal sueño —cuando Vidal hablaba del campo de exterminio, todos callaban—. Una noche conseguí soñar precisamente eso: que aquel horror era sólo una pesadilla. Que no existía. Qué curioso: soñaba que me despertaba y no había hambre, ni miseria, ni nadie podía matarte por simple capricho. Que nadie te humillaba, ni te causaba dolor conscientemente. Que crueldad... —una vez más Vidal interrumpió su monólogo. El resto intentaron emprender otras conversaciones; todos al mismo tiempo.

Finales del siglo XX

A Barcelona fueron llegando los ancianos por distinta vía. El viernes, los primeros, unos en tren; otros, los menos, en autobuses. A lo largo del sábado vinieron en avión el resto de los convocados. No hubo ni una sola baja y por supuesto ninguna deserción. A todos les esperaba el miembro del Directorio Principal que los había reclutado. Se abrazaban y besaban. Se les entregaba una pequeña maleta, con su dotación reglamentaria en el caso de que fueran militares, o un brazalete de tela, en el caso de que fueran civiles. Un taxi los llevaba al hotel acompañados por su anfitrión, que una vez formalizado el registro, volvía a marchar a buscar a otro de los esperados. Era una tarea agotadora, constantemente interrumpida por emociones muy intensas, que se multiplicaba cuando el recién llegado se encontraba con su compañero o compañera de habitación: siempre un viejo camarada al que podía no haber visto en los últimos cuarenta años. Los recuerdos afloraban y las conversaciones se atropellaban, como si el tiempo para revivir se agotara, igual que a cierta edad se agotan las perspectivas de futuro.

Desde el viernes se sucedían las cenas, los almuerzos y las reuniones.

A cada uno de los reclutados se les ordenó para el domingo que debían levantarse antes de las nueve de la mañana; vestirse y asearse ligeramente, bajar a desayunar, subir a la habitación de nuevo, asearse a fondo, recoger sus pertenencias y vestirse con lo previsto. Después, una llamada telefónica les anunciaría la inmediata llegada de su transporte. Debían abandonar la habitación y salir del hotel de la manera más discreta posible. Pero en la mayoría de las ocasiones los recepcionistas y los clientes advirtieron que algo extraño sucedía. En el Palace, una docena de guardias de asalto se despidió cortésmente del personal del hotel con todo el equipamiento puesto: en la gorra de plato tenían el distintivo, una «G» y una «S» entrelazadas con la corona mural sobre ellas. El uniforme era de color azul y el correaje negro. De una pensión muy familiar del casco antiguo, salieron pilotos con la guerrera cruzada azul oscuro y pantalones del mismo color; soldados de infantería con el casco francés tipo Adrian, con cazadora de paño y pantalón *gudari*. Y del más lujoso y caro de todos los alojamientos se despidieron, ante el asombro general, una veintena de milicianos con pasamontañas de lana y capote manta con franja clara y flecos.

Repartidos en pequeños grupos por los hoteles de la ciudad, varios centenares de ancianos ejecutaban un plan meticuloso, prácticamente perfecto. Cada anciano sabía perfectamente lo que tenía que hacer en cada momento. Sabían en que grupo se encuadraban; cuál sería su equipamiento; delante y detrás de quien iba; quien tendrían a cada lado. Los impedidos serían acompañados por los que no lo estaban.

***

La mañana era fría pero despejada. El sol no era capaz de calentar un viento constante que desde el norte soplaba con una velocidad de escasos diez nudos. Suficientes para que las banderas ondearan. Era 14 de abril.

Todos los transportados llegaron al punto de reunión a las doce en punto. Allí estaban ya los jefes de cada grupo. Los primeros en actuar fueron los de la fuerza de choque. Una primera línea que fue capaz de invadir el carril destinado a los vehículos. Tras ellos, un grupo de ingenieros colocó sobre trípodes metálicos señales prohibiendo la circulación, desviando el tráfico por una perpendicular. No se admitieron ni discusiones ni concesiones al tráfico rodado. Delante de la fuerza de choque se fueron colocando a la orden de su jefe los diferentes y sucesivos grupos, hasta que se formó con los civiles y los políticos la cabecera del desfile. Las primeras eran las mujeres: lozanas ancianas con zapato cómodo luciendo sus mejores trajes. Cada una de ellas llevaba su brazalete en la manga: con la Cruz de Lorena, con la tricolor española, con la roja con o sin siglas, con la rojinegra, la cuatribarrada o simplemente de negro luto. Las primeras, entre ellas Estelle y Dolores, portaban una pancarta en la que se había escrito con grandes letras mayúsculas:

Este es el desfile que nunca tuvimos

Era una mañana soleada pero fresca. El termómetro rondaba la docena de grados pero el cielo tenía el color azul de verano. Algunas pequeñas nubes, desorganizadas y dispersas, contrastaban su blanco intenso.

Entre los civiles y los militares se colocó una banda de música, de apenas veinte ancianos, que no obstante abarcaban todo el viento y la percusión necesarios para atraer la atención de los transeúntes y de la Diagonal entera. Cuando todos los grupos estaban ocupando la calzada, todos formados y en sus puestos, el director de la banda levantó su mano para que magistralmente el *Himno de Riego* comenzara a sonar. Salvador palpó la pistola en su bolsillo, y también comenzó a desfilar.

Casi al instante, todos los que por allí pasaban dirigieron su mirada y su atención hacia lo que se estaba produciendo. Incluso los conductores y los acompañantes de los vehículos detenidos bajaron sus ventanillas, atónitos por la escena. Personas de todas las edades se preguntaron si lo que estaban viendo y escuchando era real. Unos más y otros menos, entendieron lo que significaba. Por eso sonaron los primeros aplausos desde un balcón, y a continuación desde la propia calle. Los integrantes del desfile sonrieron por primera vez, y muchos levantaron sus manos hacia el cielo, unos haciendo con dos dedos el conocido signo de la victoria; otros cerrando el puño, o simplemente saludando.

Cuando la banda de música interpretó *Si me quieres escribir* brotaron las primeras lágrimas. Pero nadie perdió ni el paso ni la disciplina del grupo. Desde un balcón varios adolescentes arrojaron flores, y un viandante compró a un vendedor pakistaní todas sus existencias de claveles para, uno por uno, repartirlos entre los que desfilaban.

De repente se oyó un petardeo en el cielo; cada vez más intenso, cada vez más cerca, hasta que pudo divisarse por todos los presentes un avión menudo, un modelo concreto que quienes desfilaban sabían que era el primer caza monoplano con tren retráctil y cabina cerrada del mundo. Pese a los conocidos problemas de pilotaje del I-16, el avión hizo varias pasadas por la vertical de la Diagonal. Lo suficientemente bajo, para que pudiera distinguirse el timón de cola tricolor y la banda roja en el dorsal.

En todos los informativos de televisión y radio se incluyó la noticia del desfile de veteranos en Barcelona. La televisión catalana ofreció además un amplio reportaje en su programa nocturno, pero fue la prensa escrita quien con mayor extensión refirió el día siguiente lo sucedido:

DESFILE DE ANCIANOS EN LA DIAGONAL DE BARCELONA.

A las doce de la mañana del día de ayer, 14 de abril, varios centenares de veteranos de la guerra civil y la segunda guerra mundial, ocuparon parte de la importante vía, en dirección al mar, en lo que parecía un encuentro improvisado y resultó ser un organizado desfile. Rigurosamente formados y ataviados, los ancianos desfilaron durante casi noventa minutos, mientras su propio servicio de orden desviaba eficaz y oportunamente el abundante tráfico rodado. No hubo incidentes ni con los conductores, ni con la Guardia Urbana, que hizo acto de presencia minutos después de iniciarse el acto. Viandantes y vecinos, una vez superado su estupor, aclamaron y vitorearon a los veteranos, formando a su paso un amplio y nutrido pasillo. Organizados según el uniforme o brazalete que portaban, hombres y mujeres de edad avanzada, desfilaron marcialmente al son de varias bandas de música, formadas también por ancianos. Cerraba el desfile un camión en cuya plataforma trasera se transportaba un antiguo blindado ruso, que según algunas informaciones se corresponde con el que fue robado hace escasas semanas de un museo militar. En el cielo, a una altura que lo hacía perfectamente reconocible, un modelo de avión de la guerra civil realizó varias pasadas, saludadas efusivamente por los ancianos. El aeroplano, que según la Dirección General de Aviación Civil, había despegado de Sabadell y carecía de permiso para sobrevolar la ciudad, es propiedad de un aviador republicano, fallecido recientemente. La persona que lo pilotaba perderá previsiblemente su licencia. Una vez concluido el desfile, la Guardia Urbana pretendió sin éxito identificar a los organizadores, por carecer del preceptivo permiso. No se realizó detención alguna, por la edad avanzada de los protagonistas, y por la multitud que los acompañaba.

La noticia apareció en portada pese a que ese mismo domingo 14 de abril de 1996, era liberado el empresario vasco José Maria Aldaya, después de permanecer secuestrado once meses por ETA. El ataque de Israel a Líbano, refugio de Hezbollah, tuvo que reducir el tamaño de su titular, cediendo espacio a una noticia que aunque no contenía desgracia ni muerte alguna, resultaba extraordinaria.

Tiempo presente

El Directorio Secreto de Información trabajó a las órdenes de su creador, hasta su muerte en Paris, en 1946. Antes de mayo de 1937 contaron con el respaldo que otorgaba la presidencia del Gobierno, y después, cuando los acontecimientos forzaron la dimisión y el ostracismo de Largo Caballero, lo siguieron haciendo por lealtad y compromiso político. La victoria franquista, el exilio, el internamiento y la guerra mundial, hicieron del Directorio Secreto una organización colaboradora de los servicios secretos aliados, siempre y cuando lucharan contra el nazi-fascismo y remuneraran lo acordado previamente.

En España, durante la guerra, tuvieron como oponente al Comisariado Popular para Asuntos Internos, la NKVD soviética que Stalin había enviado a España persiguiendo sus propios fines. Lo cual no impidió que durante la guerra mundial se mantuvieran contactos con la NKGB, el Comisariado Popular para la Seguridad Estatal creado en 1941. También trabajaron para el Servicio de Inteligencia Secreto británico, el conocido MI6, ocupado de las operaciones en el exterior. Se enfrentaron con éxito a la Gestapo alemana, y aun en mayor medida, a la sección de ésta instalada en Francia desde 1941 hasta 1944. La llamada Gestapo francesa estaba compuesta fundamentalmente por delincuentes, por colaboracionistas de todo tipo y motivación, e incluso por musulmanes partidarios de los nazis.

***

Poco después del desfile de Barcelona, Estelle y Vidal contrajeron matrimonio civil en la capital de Francia. Un centenar de personas asistieron posiblemente a la ceremonia más emotiva de sus vidas. Los dos ancianos formalizaron su unión, para que la sociedad y el Estado tuvieran constancia del amor del uno por el otro. Lo que el documento no podía reflejar era la profunda felicidad que los contrayentes sentían. Varios periódicos franceses e italianos informaron del acto; unos resaltando simplemente la avanzada edad de los casados, pero otros, relatando la historia de ambos, la que tenían cuando estuvieron juntos, y cuando no.

Los recién casados, y también sus viejos cinco compañeros, se mudaron a la casa de Oostende. Allí vivieron todos juntos hasta el fin de sus días, hasta que, uno tras otro, fueron muriendo.

***

Cosme CASANOVA nació en Valencia, en 1912. Militante de la UGT, participó en la derrota del golpe militar de julio de 1936 en la capital del Turia. Fue elegido comisario político de su unidad, y requerido por Largo Caballero para formar parte del Directorio Secreto de Información en diciembre de 1936, recibiendo el nombre en clave de Dólar. A principios de 1939 se exilió en Suiza con documentación falsa. Dirigió la organización hasta su disolución en 1946. Murió en Oostende en el año 2000.

Joan RIU nació en 1908, en Barcelona. Sargento del ejército de la República se distinguió en el fracaso del golpe militar de julio de 1936 en Madrid. Nombrado comisario, fue convocado por Largo Caballero en diciembre de 1936 para formar parte del Directorio Secreto, con el nombre en clave de Ebre. Fue destinado al Estado Mayor de Vicente Rojo. En 1939 se exilió en Francia, siendo internado en el campo de Argelès-sur-Mer. Alistado en las Compañías de Trabajo combatió en Tourcoing contra los alemanes. Escapó a Inglaterra por Dunkerque, tras lo cual se enroló con las fuerzas de Leclerc, siendo destinado a los Servicios de Información. Murió en 1944, avanzando hacia Paris, en Ecouché, abatido por un francotirador.

Pasquale VITALE nació en 1910, en Milán. Se exilió con su madre en París poco antes de la toma del poder por Mussolini. Fue colaborador de León Blum, y voluntario de las Brigadas Internacionales en España, donde se le conoció por Vidal. Nombrado comisario fue convocado por Largo Caballero para formar parte del Directorio Secreto. Recibió el nombre en clave de Leonardo. Participó activamente en la batalla de Guadalajara. Abandonó España en noviembre de 1938, instalándose en París. Capturado por la policía nazi en agosto de 1943, fue internado en el campo de concentración de Mauthausen, del que fue liberado en mayo de 1945. Murió en Oostende en 1998.

Salvador MONZÓN nació en Castellón, en 1910. Dirigente sindical, organizó el suministro de armamento a las primeras unidades que se opusieron al golpe militar de julio de 1936. Fue elegido comisario y convocado por Largo Caballero para formar parte del Directorio Secreto, donde recibió el nombre en clave de Tokarev. Se exilió en Francia, donde se alistó en la Legión Extranjera Francesa, combatiendo en la batalla de Narvik, en 1940. Volvió herido a Inglaterra, donde permaneció hasta 1945. Se suicidó utilizando una de sus pistolas en Oostende, en el año 2001. Lo hizo el mismo día que comprobó su incapacidad para recordar el nombre de la mujer que tanto había amado.

Vicente COLL nació en Valencia, en 1903. Militante de Izquierda Republicana fue elegido comisario político en su unidad, combatiendo en diferentes frentes. Convocado por Largo Caballero en diciembre de 1936, formó parte del Directorio Secreto, recibiendo el nombre en clave de Obispo. Fue maestro de las Escuelas Populares de Guerra. Se exilió en Francia, siendo internado. Murió en Narvik, en 1940, combatiendo en la Legión Extranjera Francesa.

Lucas NIETO nació en Jaén, en 1911. Jornalero y militante sindical, fue elegido comisario político de su unidad. En diciembre de 1936 fue convocado por Largo Caballero para formar parte del Directorio Secreto, con el nombre en clave de Miguel. Fue tanquista durante la guerra de España, e instructor en la Escuela de Blindados. Se exilió en África, donde se alistó con las fuerzas de Leclerc. Formó parte de la avanzadilla que liberó Paris en 1944. Murió en Oostende en 1999.

Ignacio SUESCUN nació en Orense, en 1912. Dirigente del Partido Socialista en Galicia pudo llegar a Madrid después del golpe militar de julio de 1936. Fue nombrado comisario político y convocado por Largo Caballero para formar parte del Directorio Secreto en diciembre de 1936, con el nombre en clave de Navarra. Herido en la ofensiva franquista sobre Cataluña, se ocultó en Barcelona hasta 1944. Huyó a Suiza por Canfranc. Murió en Oostende a principios del 2001.

Estelle MAHEU nació en Dunkerque, en 1918. Fue, después del golpe militar de julio de 1936, una de las principales organizadoras del Comité de Ayuda a la República. Miembro de la red de Vidal, sustituyó a Vicente Coll en el Directorio Secreto, recibiendo el nombre en clave de Odin. Permaneció en Paris, durante la ocupación nazi, militando activamente en la Resistencia. Murió en Oostende a principios del 2002.

Dolores SANMARTÍN nació en Valencia, en 1915. Obrera textil y sindicalista fue, tras el golpe militar, responsable de la inspección y control de las industrias de guerra. Permaneció en España. Miembro de la red de Cosme Casanova, sustituyó a Joan Riu en el Directorio Secreto en 1944, con el nombre en clave de Cuatro. Fue la última en morir, en Oostende, en el año 2003. Dolores dispuso todo lo necesario para que tal y como habían acordado, su secreta memoria fuera publicada. Fue también ella quien contrató al abogado belga y le dio instrucciones precisas para que fuera precisamente yo quien heredara sus bienes y documentos.

***

Mi abuela se llamaba Isabel y su marido se llamaba Martín García. Él murió en 1943 abatido por disparos de la Guardia Civil. De aquel tiempo tan oscuro nadie me había contado nada. Mi madre estudió en Paris, gracias a la ayuda de unos antiguos compañeros de mi abuelo. Allí conoció a un alemán que era mucho mayor que ella, y del que se quedó embarazada. Él se llamaba Eugen Wolf. Mi padre murió antes de que yo naciera, en 1965. Seguramente por eso fui elegido albacea de esta memoria, que ahora he comprendido que también es mía.

Este libro se editó en noviembre de 2015.
Año Internacional de la Luz
y las Tecnologías Basadas en la Luz.

www.ingramcontent.com/pod-product-compliance
Lightning Source LLC
Chambersburg PA
CBHW071223260626
47162CB00004B/1404